翠柳街序跋

刘益善 著

武汉大学出版社
WUHAN UNIVERSITY PRESS

图书在版编目(CIP)数据

翠柳街序跋/刘益善著.—武汉：武汉大学出版社，2021.8(2022.4 重印)

ISBN 978-7-307-22267-0

Ⅰ.翠…　Ⅱ.刘…　Ⅲ.序跋—作品集—中国—当代　Ⅳ.I267

中国版本图书馆 CIP 数据核字(2021)第 070738 号

责任编辑:杨　欢　　　责任校对:汪欣怡　　　版式设计:韩闻锦

出版发行：**武汉大学出版社**　(430072　武昌　珞珈山)

(电子邮箱：cbs22@ whu.edu.cn　网址：www.wdp. com.cn)

印刷:武汉邮科印务有限公司

开本：880×1230　1/32　印张:12　字数:175 千字　插页:2

版次:2021 年 8 月第 1 版　　2022 年 4 月第 2 次印刷

ISBN 978-7-307-22267-0　　定价:42.00 元

目录

《翠柳街序跋》小序

如果把我1969年10月在乡下当知青时，发表在武昌县文化馆办的《武昌文艺》上的一首诗，当作我从事文学创作开始的话，至今已经超过50年了。1973年10月我从华中师范学院(现华中师范大学)中文系毕业分配至《长江文艺》(当时叫《湖北文艺》)当编辑，到现在还受聘在另一家文学期刊当编辑，我当了47年编辑。一辈子做一件事，我很幸运。

当编辑，给作者看稿子，天经地义，是分内的事。一些作者信任我，让我给他们的作品集写序，就当是编辑给作者的稿件写意见，我就没有推辞。我的第一篇序，是1986年给还在华中师范学院当学生的易飞(那时叫易建新)、李鲁平创作的一本诗集写的。我最近的一篇序，是2019年11月给杨亚写的《在路上，每一天都是新的旅程》。从1986年到2019年，我竟然给人写了几十篇序与跋，加上给自己的书写的序与后记，归拢起来，有十多万字了。

我的序都写得不长，说的话都实在，没有什么深刻的东西。但是，我从不云天雾地地说大话，说些不着边际、虚头巴脑的东西，我是真诚的、友好的，我希望我的话对作者有些用处。

敝帚自珍，把这些平常的文字汇成一集，留作纪念吧！

2020年11月8日于武昌翠柳街

易建新、李鲁平诗集序

给别人的作品写序，在我来说这是第一次。好在易建新和李鲁平既是我的校友，又是我的诗友，权当作在一起聊几句天，不叫作序也可以。

两个人都是二十世纪六十年代出生的，二十挂零，又都是当代大学生。按照当前诗坛年龄结构的划分，他们似乎应该是属于诗的什么代的，他们的诗也应该完全不是这个样子。可他们的诗却偏偏是这个样子：南方的土地和河流，南方的乡村和少女，南方的父亲和母亲……他们的诗雄浑深沉、纤秀细腻，既有历史感又有现实感；他们的诗明朗，都能读得懂。他们是现实主义者，这也许是因为他们都是从农村来城里上学的孩子，他们脚下的土地使他们长成了如今这个样子，他们是茁壮的。我自己是愿意与诗坛的各代交朋友的，我也愿意读各代的各种流派的诗。但我还是我自己，我与易建新、李鲁平属于同一个方队。我们是朋友，我们各人写各人的诗，这样才能构成一个繁荣热闹的诗坛。

他们两人的诗是写得很不错的，但也不是首首都好。这本集子毕竟是他们诗的生命的第一根枝条，当他们到满身披挂绿叶的时候，他们才是成熟的。两年前，我曾应邀作为武汉地区大专院校诗歌大奖赛的评委，看到他们当时的一枚枚诗叶都变成了获奖证书。或许不久后，那获奖证书会换成全国性的吧！

把你们的诗写得更好些，把你们的歌唱得更高昂些！李鲁平，你不再是沙洲上的孩子了，但不要忘了你的巴河的沉雄！易建新，当你的妹妹走后，你红肿的眼睛不再只盯着你妹妹的背影了，应该盯着她——缪斯。

1986年11月25日

《采紫藤花的少女们》序

出差住咸宁市招待所，临走前一夜，柯于明来看我，嘱我为他的诗集写序，并当夜骑自行车去温泉镇取原稿，来回数十里，其精神感人。

这种精神，是他对文学的虔诚、执着、苦干精神的缩影。文学需要灵性，但文学是绝对离不开苦干的。凭着小聪明弄文学，绝无大的发展。文学的成功属于既有灵性又有苦干精神的人。灵性来自何处？娘肚子里带不出来，更多的是后天的培育与熏染，多读善读渐悟很重要。

认识柯于明时，他在阳新，那是个老苏区县。他送我一本自费印刷的小册子《三月的心事》。那时许多青年都自费印这种诗集，一个或两个印张，广为散发。出版社出不了，就自己出，以表达自己对缪斯女神的一种挚爱。这类数不清的自费诗集，在中国诗坛上展示过一道热闹的风景。

柯于明朴实，干事不声不响的，写诗之外，还写小说、散文、报告文学。他的报告文学集《微笑的星辰》已经出版了。而这本《采紫藤花的少女们》即将发排，这不能不说柯于明是勤奋的，他的文学成绩也是优秀的。

选入这本诗集中的一百首诗，水平参差不齐，但都是绿色的，长成一片草地，装点了诗的春天。

哪个诗人的诗，都是水平参差不齐的，不可能首首诗都好。

柯于明的诗，首首都是出于他的心底，是他用情感用心血浇灌出来的。没有根的苗，没有情的花，如塑料纸花一般无香味。

故乡的山故乡的溪，故乡的山月、田野、柴垛和少女，都被写入诗中，都被柯于明用浓情泡过，读起来使人心跳。故乡，是中国历代数不清的诗人写不竭的题材。你偏偏要写，那就必须写出每个诗人自己的故乡来，否则就会被浩如烟海的故乡诗淹没。柯于明的《乡情》是这样写的：“信手插下一枝别绪/那时我不经意/今日却成了浓绿的乡情了//浓绿的只长在异域/长在我久离乡土的日子/那时我不经意/那时为何没有这样的树/蓊郁得我不堪沐浴/高悬得我不堪采摘/乡情是个甜甜涩涩的想/那时我不懂得//当我再不能踏上归途时/我才发现无数个回字/绣满我这双袜底/那时我不经意/不经意那女子颤颤的手//乡情乡情/你注定只能是一段距离吗？”

少小离家，一切都不经意，到不能回归时，那袜底上的“回”字，那女子颤颤的手，才历历在目，乡情陡地升起，这才是柯于明自己的独特感受。

旅途所见、名胜古迹皆可入诗。写这类诗，则可见出诗人的眼光是否敏锐、洞察力是强还是弱。写某处风景，人云亦云，陈词滥调，实在败坏读者胃口。没有新鲜的发现，还不如像李白到黄鹤楼一般，说两句直话：“眼前有景道不得，崔颢题诗在上头。”

柯于明诗集中这类诗有二十余首，大多有自己的发现。如把长城比作中国方块字的狂草，“写了个狼烟烽火将士血/写了个古月千秋照豪情”，足见出他的想象天地宽广。而写得最好的一首诗是《北方的眼睛》："风雪帽，大口罩/遮盖得严严实实/把一双眼睛/遮成了大特写//柔媚中透出刚毅/恬静中勃动着激情/这是北方的眼睛/风雪雕刻的北方的眼睛//一切都可以遮盖/一切都可以省略/唯有这眼睛必须开放/于寒流中开成不凋的花朵//白茫茫的不一定是北方/冰与雪不一定是北方/北方的特写是一双大眼睛。"

这只能是一个南方人才能写出来的，乍一到冬日的北方，只看到一双双眼睛。眼睛能说明多少问题？眼睛能象征多少东西？作者最后写的三行，隽永而又幽默，足见诗人的聪颖与灵性。

柯于明的诗，如他的人一般，朴实无华，少些花言巧语，少些装腔作势。没有云天雾地地在那里装潇洒，装先锋。朴素就是朴素，生活的本色如此。朴实也是一种美，一种更高层次的美，一种民族推崇的美。

但是，朴实不是让你在诗中说大实话，把实话说尽了，没有了想象的空间，就没有了诗意。朴实是一种美，但朴实太过，却又走向反面，就显得呆板、平实、浅陋了。

我在前面说过这本诗集里的诗水平参差不齐，是指其中有少数诗作，显得过于平实了些。相信柯于明在今后的创作中能注意这个问题。

写到这里，觉得我这文章也实在算不了序，只算是两个写诗的朋友之间说的家常话吧！

鄂南的柯于明，那一片诗的绿地，莺飞草长，更茂更盛些吧！

1991 年 3 月 20 日

傅加华诗集序

作家映泉拿了傅加华即将出版的诗集打印稿给我，言作者希望我写篇序。

我很少给人写序，但读了傅加华的这本沉甸甸的诗集后，我愿意写了。因为这诗集中的大部分作品，都是写乡村的生活和作者对乡村的感受。我也是写乡村诗的，因此感情上就有了很多相通之处。

同时，我想借此机会呼吁：中国的乡村渴望自己的歌手，中国的农民在呼唤自己的诗人。

当代的中国诗歌史，以题材分类，乡村诗是占了重要部分的。从二十世纪五十年代开始，各个年代都有自己的乡村诗人，他们忠实于时代与历史，忠实于自己的乡村生活体验与感受，写出了无愧于每一个年代的乡村史诗。其间的代表诗人及优秀作品，不胜枚举。

已经到了二十世纪九十年代了。九十年代的中国乡村，经过了十多年的改革，农村责任制经受了岁月的考验与淘洗，中国农民在改革的大背景下，商品意识与小农意识互相渗透，他们如今生活得怎么样？他们的所想所思是什么？中国农村今天的面貌怎么样？作为一个有历史使命感的诗人，你的诗是现实主义也好现代主义也罢，这些都应该从你的诗中读到。

我从傅加华的部分诗中读到了。诗集中的“乡情”一辑，全部是写的今日的乡村与农民。在其他的几个小辑中，也能读出许多来。

乡村的水塔：“家家的水龙头打开了/急盼中　流出一串甜蜜的欢乐”，农家的电视天线：“啊　这是伸向宇宙的爱/农家把平面的希望/酿成立体的形”，乡村有了洗衣机：“旋转的水花/把农家的疲劳/搅成欢歌笑语”。还有穿着西装的父亲、骑着摩托车的大爷、乡村的青年之家等，傅加华写出了今日乡村的一个方面。虽说这只是表层的变化，但今日农民的内在变化多少也从这表层中得到了反映。直接写农民思想深处的状貌，从《别了，石磨》《我是半边户》等诗作中可以读出一些来。当然，我希望傅加华并相信傅加华在今后的创作中，会写得更充分更深刻。

不说傅加华这个热爱写诗、坚持写诗十几年的县文化馆干部，在反映今日农民的深层世界方面还有待努力，就是进入二十世纪九十年代的中国诗坛，又有多少诗写出了真正的今日农村和农民呢？有一些诗作，是很浅层的东西，写写表面变化，这是很不够的。农民们不读，他们不买你的账，所以你的那些诗就没有市场。

二十世纪九十年代的中国农村，在呼唤自己的歌手！

傅加华，希望你能响应这个呼唤，当一个真正的乡村歌手，不负于这个时代。

傅加华收在这个集子中的另一些短诗，是写得很精美的。记得有一次老诗人徐迟在谈诗时说："把诗写得小一点，美一点，深一点。"徐迟的这句话是很值得我们听取的。小、美、深的诗，能使人细细把玩，品味出其中的美来。傅加华的《黎明》中有这么三节："羞答答的熹微/扬起手指/弹落了天幕/战栗的晨星//文静的上弦月/

抱着柿树/留下一个/告别的亲吻//斑驳的树影/摇着残梦/筛落了一片/蛙鼓虫鸣”，是很美的。

并不想来全面评价傅加华的诗，拉杂写出以上闲话，以为序。

1991 年 7 月 7 日

《擎一片蓝天》序

这是一本报告文学集，作者陈世国、李专、梅贤玉都是湖北省阳新县人民政府办公室的干部，陈世国还是办公室主任。据我所知，县级政府办公室的同志，是既能干事，又能动笔写的实际工作者，他们掌握了一个县的政治、经济、人文、地理等各个方面的情况，由他们执笔写的作品，都来得真切、自然、不做作。

这本集子选收了三位作者或个人或合作撰写的二十四篇报告文学，写的都是阳新的人、阳新的事。阳新人民在新时期的经济建设、改革开放中的实干精神、光辉业绩，以及所取得的巨大成果，都在其中。

阳新是个老苏区，1925 年，这里就有共产党的地下组织。阳新的龙港，在土地革命时期即是湘鄂赣革命根据地之一，是鄂东南革命的中心。阳新城关，矗立着湘鄂赣边区鄂东南革命烈士纪念碑。阳新，曾为中国人民的革命事业，献出了二十多万儿女的生命。中华人民共和国赋予了阳新一个崇高的称号：烈士县。

阳新有一片红色的土地，红色的土地上矗立着革命的丰碑，革命的丰碑记载着革命的先烈，他们曾在白色恐怖岁月里擎起了一片蓝天。

今天，敢于改革、敢于搞高新科技开发、敢于领着乡亲艰苦创业的周佐才、黄修本、王仲子、余本栋、石章才、王贵安、汪洵、夏毓芬等本书中所歌颂、所记叙的数十名同志，他们有的是厂长、经理，有的是矿长、村支书，如一排挺立的劲松，在新的时期又擎起一片蓝天。

阳新代有人才出，各擎蓝天显英姿。

本书中所写的几十名先进人物，都有一个共同的特点，就是在新形势下不徘徊，不犹豫，敢于抓住机遇，在各自的岗位上，身先士卒，吃苦在前，领着一班人在干。他们的成绩是干出来的，是他们用智慧、用心血浇灌出了一朵朵社会效益和经济效益的鲜花。

鲜花装点了蓝天下的土地，在当年烈士鲜血染红的土地上，还有更多的人在成长，更多的鲜花在含苞待放。

他们是阳新人民中的一部分，但是他们代表了阳新人民的意志和追求。

陈世国、李专、梅贤玉三位同志，都写过不少文学作品，因而他们的文笔不枯燥不单调。不论是叙述、描写还是议论、抒情，都挺有文采的。更重要的是，他们的笔下都带着一个情字。能够称得上报告文学的，没有这个情字，没有一点文采，恐怕是不行的。由于他们对所写的对象熟悉，材料掌握得比较充分，因而写起来就充实、厚重，不空洞，没有花架子。

我们周围出现了许多的新人物，他们是改革开放的闯将和勇士，我们干实际工作的同志，不论是业余还是专业的作者，要拿起笔写一写他们，为改革开放这一曲交响乐增大一些音量，我觉得这是应该提倡的。

还是看看这些擎一片蓝天的人们和蓝天下盛开的鲜花吧！

1993年7月19日

《山的心事》序

诗友梁必文送给我陈熙利即将出版的诗集《山的心事》原稿，说是作者希望我写一篇短序，我与作者尚不认识。显然，陈熙利是属于对诗有执着追求、孜孜不倦地写着、写出一定成绩的一群年轻人中的一个。在商品大潮冲击着一切的今天，还有一群年轻人在追逐着诗，实在是难得，也是可敬的。

泱泱中华大国，无论到了什么时代，都是需要诗的。我们的生活也缺少不了诗，我们要诗，要真诗。

待读完了《山的心事》的全部稿子，我就认识了陈熙利，而且有一种熟悉的感觉。他是鄂南山乡的孩子，童年是在茅屋中度过的。“我的诗离不开故乡，我把它抛向崖头的山雀，让它歌唱。唱清澈的河水、漫山的秀竹，唱山涧的细流、欢笑的田野，唱山峰的云雾和莽莽的森林。”陈熙利这样说。

每个人都有故乡，故乡在诗人的吟唱中，总是那么深情而感人。“双手推开黎明/让晨风梳理我的思绪/就在街道上的浓雾/把故乡的山路/快要在我心中覆盖得模糊的时候/我们怀恋/露珠儿绊响牛铃的山村小径”；“我是山的孩子/映山红燃烧成不会忘却的记忆/楠竹林长出香甜的梦境/如血的夕阳/点燃了煤油灯的明亮/就是这盏小油灯/照亮我从山间走向院校的方向/也照亮了父亲欣慰的脸膛”。陈熙利这些关于故乡的诗句，缓缓吟出，深情婉转，能打动读者的心灵。另有一首《妻子，我走了》的诗，把对妻子的爱，把离别的情，把不得不别离妻子远行的那种无奈，写得细腻，入情入理，怅然万分，这也是一首好诗。

这本分为五辑的诗集中，并不是每首诗都好。作品质量参差不齐，即使是再成熟诗人的诗集，也有这种情况。但陈熙利的诗都写得朴实自然，不做作，完全是山里孩子的那种天籁之音。而有的小诗，哲理味十足，这又是我十分喜欢的。有一首《既然》，这么写的："既然/上了这条船/就不要看前方是否有岸//既然/脚踏艰难/就不要想前方有没有平坦//既然/注定你我相识/就不要装着陌生。"其诗味韵味都不错，读起来也美。

注定这是篇短序，不多写了。陈熙利，我们没见过面，但我从诗中能感受到你的心迹。写下去吧，生活需要诗，诗要在艰难的道路上前进。

而更多的年轻的诗歌爱好者的出现，是最大的希望。

1993 年 10 月 20 日

《烟霞晚唱集》序

湖北文艺界口碑极好的老领导邓泽民书记把《烟霞晚唱集》交给我，言作者陈映宜先生希望请一个作家写一篇序，他嘱我写。这对我来说，是有些力不胜任的。我虽说写诗写小说有二十年，如今混了个诗人作家的名号，但对于旧体诗词，我懂得不多。而像映宜先生这样的年长诗人，在经历和创作方面，都可做我的师长。所以我说的话，只能是一管之见，映宜先生万勿认真。

创作从生活出发，各类文学体裁，莫不如此。生活是流动的海，生活之海激起的浪花，激起了作者心灵的跳动，有了倾吐的欲求，因此发而为诗。陈映宜先生的《烟霞晚唱集》所写二百首诗，俱是从生活出发，写他的所见所闻。开会，出差旅途，扛烟包，读报，参加舞会，赠人，访友等，体裁广泛，纪实性强，犹如一厚本诗的日记，读者从诗中可以看出作者的生活剪影。1988 年作者当选为省人大代表，即赋七律一首：

分外殊荣望外临，人生路上小阳春；
愧无练达千条计，空有炽红一片心；
他日是非人眼在，今朝利弊吾舌存。
关情最是办实事，莫负殷殷同志们。

1983 年，烟厂初建，作者与同事到郑州请教烟草专家，曾租小车，即有小诗记之：

车费卅元卅里程，司机犹自意嫌轻。
车轮沿路八千转，总觉一转心一疼。

也是这一次，他以私人关系借来资料，限期一夜归还。是夜为端午节，被邀看描写屈原的名剧《国魂》，他婉拒了，他要《夜抄资料》：

卷翻笔走敢稍停？五十六页一夜成；
沥血行行如血贵，似珠字字胜珠珍；
豫风扇送半身爽，楚曲透窗满耳新。
今夜他山同采石，《国魂》未睹效忠魂。

这类例子很多，我不过是在此随便举了三例。现在旧体诗写的人不多，特别是在年轻人中。我读过一些现代人写的旧体诗，多是记叙抒发作者个人的心绪与一己得失。从这个方面来说，映宜先生写生活记实事，应该说是很明显的特色之一。

红安是一片红色的土地，在这里走出过两位国家主席，出了两百多位将军，这里的山山水水、一草一木，都有故事和深情。陈映宜工作在这片土地上，在红安卷烟厂任技术厂长。他长期搞技术经济工作，业余时间不去“筑方城”，而是“索句到深夜”，酬唱生活，这是难能可贵的。旧体诗词读者少，写旧体诗词的诗人，自吟自赏，自得其乐，这是一种高雅追求，这是一种难得的精神境界，而且“还要反映今天的红安人”！在《烟霞晚唱集》中，直接反映红安这块红色土地、直接写陈映宜工作的烟厂的诗，占了绝大多数篇目。作者写作的这类诗，情感真挚，格调高昂，如《二百将军同故乡》，他一气呵成四首，其中之一写道：

茫茫往事如轻烟，零落人间五十年，
忽见华章和泪出，雄风一代赖君传。

再是写红安烟厂十年连上台阶，名列全省同行前茅，这类诗写得激情充沛。写了烟厂的发展，也就是歌颂了红安的经济腾飞，这种歌颂，出自作者的心底，是对老区人民的歌颂。此为诗集的特色之二。

风格淳朴，语言素净，极富生活化，这是《烟霞晚唱集》的特色之三。有的人写旧体诗，用典多，追求深奥难解的文字，那实在是给本来就很少的旧体诗读者再造一道阅读的障碍。旧体诗为争得读者，语言的通俗晓畅实在是重要的一招。映宜先生旧体诗的语言生活味浓，好懂，使得整本诗集的风格淳厚朴实，实属难得。他写在工会听到职工吵架的三首诗之一是：

满堂风雨夹霹雳，狮吼河东又吼西，
摔本撕书沿旧制，高声破口迸新词；
杯弓蛇影汇编久，蜚语流言记录齐；
始信人生第一事，温良恭俭不应疑。

他写求人办事难的两首诗，其中之一是这样写的：

急事求难办亦难，骆驼针眼且强穿；
登门问讯先含笑，落座殷勤频敬烟；
冷脸常看擦眼过，门牌暗探到家谈；
只缘一诺千斤重，目的不达心不甘。

他的《家中即事》三首诗中，有这样的句子：

“忽听雀跃开门处，欢报又得红小花。”(《待儿放学》)“字成三改仍思改，纸破四擦难再擦。”(《家庭作业》)“兴来要练黄沙掌，挨打老爹敢嫌疼?”(这首《无题》，全诗写的是小儿在床上练武事)以上所列数例，均可看出作者口语入诗，语言晓畅，使得他的诗具有形象逼真、易于流传的特点。

我已在前面说过，陈映宜先生是我的师长，我乃后生，只是不负邓泽民书记之嘱，拜读过《烟霞晚唱集》之后，写了上面的几点粗浅看法。如蒙映宜先生不弃，在他的诗集正式出版时，印在集前，勉为其序，我当愧领了。

1994 年 8 月 10 日

《那一片绿色》序

李国新是一位基层乡镇企业工作者，他在工作之余坚持业余文学创作，发表了不少短小的作品。最近他的《那一片绿色》即将成书出版，他很费了一番周折找到我，要我为他的这本书写序。我非大家，只是个文学编辑，我是愿意为像李国新这样的青年文学爱好者做些力所能及的帮助的，因为作家以至大作家，都是从这些青年文学作者中冒出来的。

《那一片绿色》是一本小小说与散文的合集。李国新的小小说《黑道》写了这么一个故事：某位从高墙里面放出来的青年，回到家里后，家里人对他冷淡，与他只过了三个月生活的妻子也离婚走了，他后悔，他决定重新开始自己的生活。所有的单位都不接受他，他就自己摆了一个摊子修自行车。昔日的哥们来找他，接济他，他拒绝了。哥们都笑他不像原来的老大了。有天晚上散步时，他碰到昔日的几个哥们正在抢劫一个外地商人，他上前制止，哥们叫他不要管，他硬要管，放走了外地商人，而他却被昔日的哥们捅倒在血泊中。第二天，镇电视台播出了一条短讯，说是昨晚镇上发生一起因抢劫后分赃不均而引起的流氓斗殴事件，参与抢劫的劳教释放人员郭勇被刺死。

我把这篇小小说在此详细叙述，是想说这篇作品体现了李国新的创作水平。小小说在当今文坛，以其作者的奋斗与努力占据了一块地盘。

小小说是一种轻灵的体裁，为越来越多的读者所喜爱。小小说要求构思精巧，在短小的篇幅中，人物、故事要有特色，且越深刻越好。而语言呢，当然与其他文学体裁的作品一样，要有个性。李国新的《黑道》在上述几点中，都能有所体现，且堪称优秀。所以这篇小小说被选刊转载，且被评论者发文评论，是当之无愧的。除《黑道》之外，还有《庚爹》《路》《辣儿》《情殇》等篇，都是较好的小小说。

以篇名作书名的《那一片绿色》是一篇小散文，在清新静谧的林场之夜，月朗星稀，萤火虫纷飞，小河水潺潺，小木屋静静伫立，树影摇曳，真是迷人的山乡之夜。守林的少男少女，心地如林间空气般清纯，说说笑笑。夜深了，女孩困了，歪倒在枝叶柔软的木床上。男孩脱下身上的衬衣，轻轻盖在女孩身上。不足千字的一篇短文，却被作者写得那么细腻、甜柔、美妙，如诗如画，营造了一种意境。这也许是作者少年时的一段经历，如今回忆起来，才那么美好难忘。那一片绿色，蕴含了生活的多少美？经历过的人难忘，读者读了这样的文章，也能享受到美。散文不论写人叙事，贵在自如亲切，不事雕凿，出自本然。除了《那一片绿色》之外，本书选的《父亲》以及一些既像小小说又如散文的《老党员》《老伴》《土生》《爷爷》等篇，都朴实自然，富有生活气息，是从土地上生长而用农家肥未用化肥的瓜果。

我没见过李国新，但从这些作品中认识了李国新。我想李国新会更加勤奋，不断努力，提高自己的文化素质，用心去感受生活，用心来表现生活，克服某些作品中的平铺少匠心的缺陷，把作品写得更多更好。李国新还很年轻，年轻而有追求，才是最大的希望。

1997 年 4 月 6 日

《月光里的河》序

蒲圻有陆水中的百岛千山，有赤壁古战场的雄风旧痕，有雪峰山中的万竿绿竹；蒲圻有叶文福、饶庆年、梁必文、叶应昌等一批当代诗人。二十世纪八十年代上半期是诗的黄金时代，蒲圻举办过几次全国性的诗会。那时诗人云集，长歌短吟，一时惟楚有诗，蒲圻为甚。

本书的作者欧阳明是当时拥在各路诗人身边诸多年轻爱诗者中的一员。十多年过去了，诗坛相对沉寂了，剩下了少数坚守者。我读完《月光里的河》的清样后，就认定了欧阳明是坚守者中的一员，而且是一个初衷不改还将继续坚守的战士。

读完这本《月光里的河》之后，掩卷静思，我感到的不是轻松。浸透在诗集的字里行间的，是一股冷峻苍茫而又略带忧郁的情感。《月光里的河》不是一首田园牧歌，这里少有心花怒放、芳草遍地、莺飞燕舞和一派歌舞升平。我不知道作者过多的经历，但从他写的后记中读到，他十岁时带着两个年幼的弟弟在陆水河里挑沙赚学费，还有那“在高墙隔开了阳光隔开了月光隔开了自由的一百三十四个日日夜夜”，我释然了。欧阳明是有着自己独特人生经历和艰苦的少年时代的。诗为心声，在欧阳明记叙青春时光和心路历程的诗中，你就不用去寻求轻松和供人消遣的内容了。

这部诗集选编了欧阳明十来年的诗作，共有四辑，作者把自己十来年的心情和思考袒露在读者面前，这些心情和思考都有些沉重和深刻。即使第一辑写的是恋曲，也没有花前月下。《春望》是一首艺术感染力很强的诗，作者写的是：“你说过：阳雀啼春，一定要来/那时，故乡的山茶花开了，和我一同去采//春来了，满山的阳雀都叫了/在你去年指定的柳荫，我静静等待//春来了，所有的山茶花都开了/熬红的思念染透了天边的云彩//没有，你没有来/阳雀一声声低诉着悲哀//没有，没有，你没有来/山茶花嘀嗒着殷红的爱……”这里有一种失落而又执着的追问。第二辑《昨天的脚步》，作者写长城、圆明园，献给为中国革命和建设而牺牲的先烈；还有《楚魂》《中国麋鹿》等，从历史着眼，富有一种深沉的思想和痛切的感受。而《母亲》与《村女》，把那种乡土的沉重与抑郁叙说得令人心颤。第三辑的开篇短诗《石林》，是一首典型的形体诗，文字的象形排列，排出了一株石笋，“滴/滴/滴/滴了千年/万年/你站成了这片凝固的风景//想哭——没有泪/想笑——没有回声”，石林“在痛苦中扭曲自己不愿扭曲的人生”的内心独白，是能撞击读者的心灵的。“我始终无法摆脱/你总影子般跟在身后/到我所去的任何地方/我永远不得安宁//无月之夜/有雨在下/路灯如你忧伤的眼睛/心　四处漂泊流浪/找不到/找不到回家的路程”(《写给孤独》)。孤独的人生是沉重的，或许过去的岁月太沉重了些，所以作者写出的诗是沉甸甸的，很有些重量。

生活有轻松，生活有沉重，轻松是诗，沉重也是诗，诗人对自己人生感受的释发，形成自己有个性的抒情方式。只要是真，只要是美，都能到达读者的心里。《月光里的河》在流着，虽说有些沉重，但我从沉重中读出了一个精神追求者的跋涉与追求，读出了一个孤独者欲冲破孤独走向明天的一片豪情。作者把第四辑定名为“走出孤独”，是一种呼唤和自信。

内容是深沉的，欧阳明就少了轻灵与明快，而用的是一种冷调语言，犹如朴实的泥土，有力度和韧性，其中也不乏诗意与韵味，这是关于本书艺术方面的一点特色。

是河就要流，逝者如斯。欧阳明的下一本诗集，或许是另一种风貌。

1997 年 6 月

《存在与家园》序

诗这一文学样式与其他文学样式最根本的区别在于：诗是最富于诗意的。所谓诗意，就是一种氛围，一种境界，一种情感的营造与融汇。读诗者可千万不要指望在诗里读到故事，了解知识，获得某种思想。读诗者只能情不自禁地走进那种氛围，使自己的情感与诗里的情感达到契合，最终进入一种境界，获得一种精神的提升与美的享受。

青年诗人阿鹏从宜昌来，携来他即将出版的诗集《存在与家园》的原稿，希望我读一遍，写点什么。据说他在国内不少诗歌刊物上发表过诗作，可我对他的诗与他的人却是陌生的。我们作诗的，是以诗来了解来认识来相交朋友的，其他一切都是次要的。我把阿鹏的这一本诗稿通读了一遍，给我一个较强烈的印象就是阿鹏有一颗诗心，他的诗诗意较浓。我读过许许多多的诗稿，初学者最大的毛病就是诗写得太实，过于注重交代、叙述，少氛围与意境，诗的翅膀腾飞不起来。而阿鹏呢，却从开始写诗时就没有这毛病，这真是个好的开端。阿鹏特别善于营造氛围与环境，而他的某种对生活的感受与体验、对世界的看法、对生命存在的思考就在这种氛围与环境中氤氲弥漫开来，给读者一种影响、一种体悟。

“圣地有深蓝色的湖/湖边的石子雪白雪白/远处的高山/沉在水底/体验着寂静中的颤抖/并且让鹰的翅膀/划出极富韵律的弧线/牵引着什么”(《圣地》的第一节)，深沉、辽远、明静，且存着几分神圣感。我这是随便翻开阿鹏的诗集，摘引的一小节，足可见出他造境与渲染氛围的能力。造境也好，渲染氛围也好，都是为了表意，境与意完美地结合，就是意境，就是好诗。在《存在与家园》这本诗稿中，意境结合得好，好诗真还有不少，如《夜渡》《独之趣》《发至三月的消息》《黑色窗口》《小桐》《锄草者》等，都值得一读。这里再引一首短诗，以示其妙："另外一种永恒/生长得如此美丽/曾是初创的季节/那种灿烂的温暖/在一个早晨失之交臂/残存的天空因黑夜而丰富/就在梦魇的森林沉醉吧//让另外一种永恒/美丽地生长/就是要让凝固的形象/成为心瓣的纹理/触摸一次记忆/就是呼吸一次彩虹"(《贺年片寄语》)。这首诗是写给谁的呢？总之其中蕴含的内容，读来确实能引人遐想。

诗人之间是通过诗来相识交往的，我想我读过《存在与家园》后，我就认识了青年诗人阿鹏。文如其人，阿鹏来的那天话不多，但话说得都有分寸而热情，挺有诗人气质的。

当然《存在与家园》中有几首诗写得过实，有几首诗又写得过于晦涩。但总的来说，这是一本不错的诗集。

1997年9月14日

《走向生活》序

在我多年的编辑生涯中，与我接触过的作者可谓多矣，其中的许多人被我忘却，但有一部分人被我记住。被我记住的人多是一门心思热爱写作而不放弃的，十年八年的总是不断地写不断地发，虽无大红大紫，但每每总有收获。这是文坛中人数众多的基本队伍，没有他们，衬托不出少数人的走红；没有他们，文坛将会冷落萧条许多。庞良君是这部分作者中的一个，我记住他熟悉他，除了他的坚持之外，还有一缕乡情在，他是鄂州人，我的祖籍也在鄂州。

庞良君的书稿《走向生活》是他从事业余创作十多年所发各类作品的精选。他散文、诗歌、随笔(杂文)、报告文学都写，且数量不少。但这本书稿中所选的作品并不多，只能印成薄薄的册子，可见他对自己的作品是有要求的。书稿共七辑，诗歌占了四辑。他的诗写得情感饱满，节奏舒徐，气韵悠长。“携着温柔亲切的祈愿/绕出雾罩的山岭、密林与峡谷/绕出布满履痕的埠头、船歌与岸/去找寻你所有的涓涓细流吗/去殷殷为你所有的支流哺乳吗/去慈爱你的岸边所有渴望雨季的小树吗/我的母亲河/我的清清苦苦的母亲河啊”(《母亲河》)。诗如果没有情感与气韵，就是一个干巴乏味的女人，不会有美感，读者见了只会厌烦，何谈品味？庞良君在《致友人》的诗中写道：“已入渡口/对岸遥遥地飘来一种淡淡的离愁/从一座雕像前默默走过/你是想/把自己囚禁在一列无端的墙下/还是徒然地淹没心灵的窗口……”这样的句子，读者是值得去品味的，而且能品出滋味来。

这本书稿的第一辑是散文，庞良君的散文也满储着诗意。乡村中学的小屋，作者人生的第一个驿站；乡村中作者能与之谈诗论文的忘年交，走在街上的老兵；写重庆的歌乐山，写三峡，写武昌农民运动讲习所旧址，无不充满了深深的情浓浓的意。庞良君的散文都短，几百字，千把字，实在是他心中的诗意的另一种分行的表达。这本书稿中的随笔，应该是杂文，作者愤世嫉俗，针砭时弊，也是一种情，是一种激愤忧民之情。而书稿中的报告文学一辑，所写的几个人物，也写出各自的性格来了。

庞良君坚持业余创作已有十多年了，他的创作还在发展之中。他的作品目前尚未达到一定的高度，但他还年轻，他有一种默默的孜孜不倦的精神，他是一定会有大的进步的。千千万万的业余作者，他们把文学创作当成一种精神的追求，这是十分可贵的。只要永不放弃，即使最终成不了大家，也没关系，因为你追求过，你的生命就是丰富而有意义的。

1998 年 4 月 23 日

《巴山楚水处处情》序

鄂西的巴东县，是一个令人瞩目的地方。三峡建大坝，库区大移民，山体滑坡，路桥垮塌，土、苗、汉民族的团结，山区群众生产生活水平的提高，都是热门话题，而这些话题都涉及巴东。程远斌在这么一个地方做县委书记，要做的工作需投入的精力之多之大是可想而知的。程远斌是湖北省作家协会的会员，湖北作协会员中官当得大的有不少，但作为在职的县委书记他是第一人。程远斌是写诗的，写了一本《巴山楚水处处情》，我们从这本诗集中看他是怎样写诗的，也从他的诗中看他是如何当县委书记的。

程远斌的诗直抒胸臆。《夜返巴东城》是他从巫山考察后乘江轮回巴东，沿途所见，联想翩翩，尽情地抒发。江轮如犁耕耘长江，汽笛长啸为巴东呐喊，巴东城的夜景，灯之彩练从天飞挂而下，城区的夜生活，繁荣丰富，巴东汉子背巴山背太阳，豪情无限。正当诗人尽情抒发之际，诗中突然凸起一景："一位年过半百的老汉/背着一头好大的活猪/他要赶船去卖个好价/手中的打杵/撑直早已压弯的腰/拭一把额头的汗/舒展的皱纹里/寄予了他春华秋实的希望。"老汉背猪的形象描述很细，诗人由这形象一转，其县委书记之志就出来了："从背负沉重的老汉身上/我已掂出肩上这副担子的分量/面对五十万巴东父老/我该怎样去拼搏去攀登。"

抒情诗离不开一个情字，这是写诗人的常识。但诗人所抒之情则区别大矣，这中间有矫情、虚情、柔情、真情、挚情的区分。而诗的价值就在诗人所抒之情中见出大小了。程远斌在《巴山楚水处处情》中所抒之情，是一种挚情。他是从江汉平原调任巴东任职的，短短几年，他眼中的"巴东的山/三山盘踞俊秀雄"，"巴东的水/源远流长永不断"，"巴东的人/善良朴实勤劳勇敢"。而对巴东境内的旅游胜景神农溪，他则直呼："神农溪，我爱你。”他游马渡河时，将马渡河老船工的号子、马渡河古朴自然的美、游马渡河的旅人中的那种回归人类本性的追求叙述出来后，再抒发自己的一腔挚情：“就让我一生为你痴情/用你纯洁的圣水把我的灵魂净化/用你柔意的纤手/梳理我冗杂的事务/马渡河哟/你使我缠绕得凌乱不堪的思绪/得到陶冶/你使我知天命的人生焕发青春/站在风口/高唱《大风歌》/为我执着的事业/耕耘耕耘……”对巴东的山水人之爱，程远斌在诗中呼唤出了他的挚情。读程远斌的另外两首诗，我又发现了这位县委书记心中那一片对美的柔情。对游神农溪时见到的女导游，诗的开头四句就是“见到你/人们惊叹不已，这里/竟来了天的女儿”。在铺排了女导游的纯净之笑后，他说：“上天竟把这样的女儿/赐给了巴东/赐给了人间。”(《神农溪导游颂》)在《浣衣小女记》中，作者记叙假日里的小溪边，“小女在溪边浣衣/一张秀丽的脸/一双圆亮的眼/一身淡红/笑意嫣嫣/潺潺溪流停止跳跃/静赏小女的仙容……”对巴东的女儿之美，县委书记在诗的一片柔情中也有十分的骄傲。读几首这样的诗后，我感觉到程远斌为人的真实。

一个官场上干事的诗人，他的诗怕是难以离开他的工作和事业。程远斌的诗集中有不少这样的诗，如《祝“两会”召开》《扶贫攻坚赞歌》《官勤民亲》《二次创业兴巴东》等。这些诗有激情，有鼓舞人心的力量，有促人奋进的作用。但如何使这类诗既有以上的作用，又有文学性，即诗味与意境，这是所有写这类诗歌的作者都要解决的问题，程远斌也要想法解决这个问题。诗永远是诗，绝不能是口号和历史事件的罗列。我们大家都努力吧！

程远斌诗歌的语言是明白畅晓、通俗易懂的，这点与文人诗及先锋诗的区别较大，这也可能是因为程远斌是县委书记，他的诗是写给他的人民看的。

2000 年 7 月 8 日

《青春风铃》序

接到耿峥要我给他的作品集《青春风铃》写序的电话时，我正在江夏参加一个旅游文化笔会。当时我在江夏青龙山下的项英烈士铜像前肃立。在铜像的底座旁，雕塑家刘开渠塑了一座山，山是安徽泾县的赤坑山，赤坑山上的蜜蜂洞，是叛徒杀害项英的地方。从江夏回武汉市区的第二天，耿峥送来了书稿。书稿的第二篇是散文《蜜蜂洞》，写项英在“皖南事变”突围后进入苍茫深山，带领新四军余部等待时机渡江再起，却不想被副官刘厚总杀害，一代名将之花凋谢。读过《蜜蜂洞》，想起昨天还在项英铜像前肃立默哀的情景，我觉得我与耿峥在心灵上有一种默契。项英之死及死后的境遇，当是中国革命史上悲壮的一笔，令我怆然肃然。

《青春风铃》共四辑，第一辑是散文，第二辑是杂谈，第三辑是小说，第四辑是传记。综览书中各个门类的作品之后，我觉得耿峥的创作是坚持着走一条实在之路。我说的这个实在，是说他为文的真实，生活的扎实，语言叙述的朴实。文学必须立足于生活，从生活出发，就不会有那种虚幻的、天马行空的、玄而又玄的东西。实在的文学是一种品质，是一种更能深入普通读者的品质。只有对生活全身心地投入，才有对生活的深刻体验，写起作品来，胸有成竹，文有其魂，这就是一种实在。

耿峥是学历史的，在大学时就喜欢舞文弄墨，文学是他的副业，历史应该是他的专攻。大学毕业之后，他却被分配到筑路工程队，开始修路，后来到公路局机关。这种情景使他不能专攻历史，专业变成了书架上不常翻动的藏书。专业变更，文学却是终身不变的，在耿峥的作品中，有大量的篇幅写的是修路筑路的生活，还有大量历史题材的散文及传记，这是很自然的，与他的生存环境有关。

在《青春风铃》作品集中，历史的含量是厚重的，那些与《蜜蜂洞》排在一起的历史题材散文，无不散发着令人沉思与缅怀的气息。这本书中最值得提起的是传记《枪声，在这里回响》，这是一个追寻历史、欲还历史本来面目的严肃作家，对一个历史人物的公正评价与真实记叙。难怪此作发表后被《新华文摘》等几种报刊转载。高敬亭，这位坚持大别山三年游击战的一代名将，敌人的围剿强力追捕没有撼动他，艰苦的物质生活和危险的处境没有压垮他，他高擎革命大旗在大别山浴血飘展。毛泽东主席说："他们在极端困难的情况下，坚持共产党的领导，与强大的敌人作殊死的斗争，很不容易啊！从他们派联络员转交给党中央的报告看，他们取得了很大的成绩，了不起！请你们代表党中央向他们表示敬意和问候！"可是，这样一位英雄，却在国共合作时，根据蒋委员长的"所请将高敬亭处以枪刑照准"的电报，由新四军军长叶挺执行枪决了。此奇天冤案直到1975年才得到毛泽东的批示："要重新审理高敬亭一案"，才得以平反昭雪。历史是曲折的，历史上的烟雾重重，还历史本来面目，作为一个学历史而又喜爱文学的作者，耿峥的选择是对的。沿着历史与文学相结合这条路走下去，耿峥的创作之路将会越来越宽广。

耿峥与我同为华中师范大学的学子，他学历史，我学中文，作为校友，匆匆写了以上文字，以为序。

2000 年 8 月 3 日

《隔岸琵琶》隔岸弹

兰干武是我的乡党，我们同孕于湖北江夏的土地上。初见兰干武，给我的印象是谦恭、朴实、真诚又有些文人气。待交往多了，对他的这种印象就更深刻了。那年我随铁道部大桥局的一批作者到汕头海湾大桥工地采访写作，兰干武也在其列。在大桥承建单位的基地广东花都，我患急性胆囊炎，痛得死去活来，大家把我送进医院，兰干武就在医院陪护我，使我得到兄弟般的照顾。这是我一段难以忘怀的记忆，也是兰干武真诚待人的一例。

兰干武习书法练文学，他的稿件用钢笔写，那字个个有体，他的毛笔字也写得很好。我对书法处于学习阶段，对他在书法上的造诣尚无能力评议。兰干武练文学，写得多的是随笔散文，也写报告文学。他经常给我寄随笔散文稿。兰干武的稿子我是都看的，但有时工作一忙，就拖很长时间，他从没催过我。我做《长江文艺》月刊主编好些年了，兰干武从不在我面前提出给他发表什么文章的要求。《长江文艺》至今只发表过他的一篇散文。我对这个小我年岁的乡党照顾帮助不够，心有愧意，可兰干武没有过怨言。生活中的件件小事大事，是能看出一个人的品质与修养来的。

文如其人，大体如此。文与人不一样，在今日也是有不少例子的。兰干武的文章与他的人有着惊人的一致。他的文章质朴，实实在在地道来，叙人叙事，没有大话空话，没有漂亮得令人耀眼的词语，也没有前卫得令人佶屈聱牙的东西。他写父亲、写祖母、写舅父、写蔡哥、写女儿胜蓝的几篇文章，亲情真意都是在朴实的叙述中透射出来的。

兰干武对人谦恭，即使是对很平常的人，也总是脸露笑容、客客气气。在兰干武的几篇写师长及朋友的文章中，这种做人的谦恭表露得恰到好处。《神交余光中》

《莫伸和莫伸的两句话》《西陵三友》等，写了他尊敬的师友身上令人可学可仿的品质，宣扬了做人的品德之美，其实就蕴含了作者自己做人的准则。作家善于从旁人身上发现人性美，并写出来让大家学，这比那些专挑名人刺专揭名人短、鸡蛋里面挑骨头、把文坛弄得乌烟瘴气的行为要好。

兰干武身上有文人气，有夫子味，这在他的文章中也流露得十分充分。他写他访文友，写他读书藏书买书，都是很见他的学习的勤奋与追求的。《读书随笔(二则)》《苦旅与奇葩》《我的藏书梦》《我读〈胡适杂忆〉》，从这些篇章中能见出他读书的层次，不是休闲读书，不是市民寻刺激，而是一种文人的读书。他说："我平生最大的愿望是拥有四壁图书，独拥书城，在空灵的古典音乐声中，焚一炷印度香，随便翻着《诗经》《楚辞》或《本草纲目》……"(《我的藏书梦》)他连《本草纲目》也读，那他为什么不翻翻那些走红的小说、明星传记呢？这就是文人的气味。兰干武还有篇文章叫《姓名与斋号》，研究自己的姓名并给自己的斗室起了好几个斋号。他年纪轻轻，给蓝氏宗谱续修写序，文言用得不错，颇见功夫。

兰干武将他的随笔集取名为《隔岸琵琶》，我在这里弹了一通，以示祝贺。兰干武的文章的最大特点是朴实，朴实是一种美，但朴实中也要见内涵，要有深意。否则，朴实也可能成为一杯白开水。

《荒原绿树》序

夏天，湖北省文联组织全省产业文联系统的一批作者到崇阳县开笔会，我与几位大学教授应邀前去讲课。我们住在青山镇旁边的青山水库，住的房间建在水面上，晚间在潺潺流水声中入梦。这期间，我曾两次从青山镇坐三元钱一张票的小面包车到崇阳县城，一是想采访崇阳一位做了许多好事善事的甘伯炼老人，二是想找几个文学作者聊聊天。我的两个目的都没达到。甘伯炼老人两次都不在家，而崇阳县城里还真找不出几个在全省能叫得出名字的文学作者。我带着遗憾想，崇阳是鄂南山区，经济不甚发达，其文学创作与一些经济发达的平原县市比，自然要滞后一些。

在崇阳没找到甘伯炼，我却得到一本写甘伯炼的书：《甘伯炼先生的七彩人生》，编著者叫王旺国，书由新华出版社出版。

忽然有一天，我二十多年没见过面的大学同学带一中年汉子找到我家。中年汉子携来一叠文稿，他说他叫王旺国，在崇阳县文化馆工作。我当即记起他编的甘伯炼老人的那本书，并说了我夏天的崇阳之行。我们都为夏天没见上面说了遗憾的话。

王旺国携来的文稿，是他将崇阳县业余作者们创作的小说散文进行编辑而成，书名叫《荒原绿树》，他准备找一个能合作出版的出版社。我知道做这事很麻烦，要找人又要筹措资金，劳神费力。王旺国是文化馆干部，他们县没有文联。王旺国做的这件事既可说是他的分内事，又可说不是他的分内事。不做这件事，没人去找他的责任。王旺国现在这样做了，难道他不是在为崇阳的业余作者们做一件功不可没的事吗？不是在为崇阳的文化建设打基础吗？这本书正式出版，说不定是崇阳县有史以来很少的纯文学集子中的一本（也可能是唯一），有着重要意义。

王旺国要我为这本书写序，难道我能推辞吗？

我读完了《荒原绿树》的全部稿件。书稿分小说、散文两辑，字数也不太多。我对这本书的总体印象是，虽说没有令人拍案称绝的顶尖优秀之作，但整体水平都达到了出版标准。作品内容扎实，不漂浮不装腔作势，写故事写人物都言之有物、情感真挚，语言朴实自然。到底是大山里作者写的作品，这本书就像大山里的山民那样实实在在。

如今的文坛，有着叫许多名称的流派，如先锋主义、现代主义、后现代主义或者新生代等，热闹非凡，美女作家们纷纷登场，弄出了什么“身体写作”，引得一批人叫好一批人皱眉甚至痛骂。任你们去热闹吧，还是咱们这山里人像山一样岿然不动。我们不搞这些新名堂，我们坚持的就是现实主义，像山一样实在，写我们像山一样具体的事，写我们像山一样实在的人，写山里面每天发生的事情，写自己的生活。《荒原绿树》书稿中的作者就是这么做的。

甘振雄的《大山深处》，所写故事不算新鲜，当年的下乡知青在山里，遇见美丽的山里女孩，两人有着美丽的初恋感情。多少年后，当年的知青已是如今县城里最年轻的副局长，他回到当年下放的山乡当领导，是自己主动向县委要求去的，抛下不同道的妻子与可爱的女儿。主人公回到当年待过的地方，是寻找失去了的初恋，还是为了报答大山曾给过他的滋养？他要来重新变换山里的面貌，使山乡变得更富庶美丽。这是作者的寄情所在。两者都有，似是而非，主人公自己都不清楚，只是凭着一种情绪要来，要回到山里去。当年美丽的山女，如今成了山里的富户，她承包了茶园发了财。当年阻隔他与她所住地方的银线河，如今河上架起了一座青石拱桥，这拱桥是她把赚来的钱全部拿出来修的，而且把桥取名为“相思桥”。相思什么？年轻的乡秘书告诉新来的乡领导：“这座桥花费了云竹的全部积蓄，它是一首诗，包含着云竹对大山的挚爱。”

“不，不。”他在心里争辩，“青年人，你并未完全理解它的内涵；生活中有些东西，你是读不懂的。”

这么一篇不足万字的小说，甘振雄写得如诗，写了这么一个不太新鲜的故事，但作者重在写一种情绪一种美感，这是许多写同类题材“小芳”故事的作者所不及的。

章光柱的《挣钱难》，题目实得像石头，故事和人物也实得像石头，是十分难得的。农闲时老黑带一伙人出外打工，卖火柴的嫂子没一分零钱找他，他非要她找一分钱的硬币。在山里，一分钱也重要哩。两元五角钱一天的工资，在大冷天挖冻土，那劳动的报酬低啊！为了与人赌十元钱的输赢，老黑挑两大块冻土，压得吐血，终于赢了。他们的劳动，使刻薄的工头都感动了，主动给老黑加三元工资。冬瓜偷了工地的铁棍准备带回去打角锄，被抓住了，老黑觉得这事坏了自己一伙人的名声，要冬瓜自己提了锣在工地游行示众，须知那铁棍仅仅是废品啊！终于老黑带着同伙离开了工地，还是去过他那山民的生活去了。这部短篇小说写出了山民的忠厚、耿直、甚至有点愚蠢的性格，但作品的意义也在这里。

王旺国的《小街弯弯》写的是一个在深山小街开店的女人的故事。芳嫂承租了本应由她继承的一处房产，将其改修成一座客店。由于芳嫂的精心经营服务，也因为镇上领导的支持，客店办得十分的红火。芳嫂人长得漂亮，可谓“小镇皇后”，她店里的服务员拒绝那些见不得人的活动，深得各方面的好评，客店成为精神文明先进单位。当支持芳嫂的李书记对芳嫂另有所图时，芳嫂能有礼有节地予以制止。芳嫂的客店终于遭到工商税务部门的查封。芳嫂不屈不挠，最终不仅纠正了工商税务部门的错误处罚，而且正儿八经地继承了房产。这部作品写了芳嫂这个聪明能干、有着自己独特人格的山里妇女，是当今山区在经济发展过程中的新人形象。

散文的写作，题材是宽泛的，写法是自由的，似乎没有什么规范的条条框框。如今好像能识几个字能写几个字的人都能写散文。洗澡时水烫了写一篇，星期天见两个人吵架回家也写一篇。写得特别多的是张三李四王五出国走一趟，或到香港台湾转了转，回来就大写特写，把散文弄得味同嚼蜡，名声不怎么好。

但是真散文好散文还是有不少的。这些真散文好散文是作家心灵蕴蓄许久的抒发，是真情挚爱的表露，没有花哨的包装，只有坦诚的奉献。《荒原绿树》中所收录的散文作品，虽说文字存在着粗浅或嫩拙之处，但情感是真挚的，可以说是一批较真较好的散文。像《父亲的足迹》《竹斋情趣》《二胡情思》《弟弟》《怀念江叔》《在鲁迅文学院的日子》等，作者都能以自己的亲身经历、独特感受写出风格各异的篇章。

我在前面说过，书稿中没有几篇顶尖优秀之作，因为这毕竟是一个山区小县里一群业余作者的创作，他们还缺少更多的锤炼与实践，缺少必要的引导与提高。但就现在这些作品来看，他们的起点不错，他们的路子很正，他们的精神十分难得。相信他们在今后的创作实践中，能将自己周围的生活经过更精心的提炼，挖掘出更深刻的内涵，采用更新的形式，写出更美好的篇章来。

我再到崇阳，会找到一群文学朋友聊天的。

2000 年 11 月 12 日

《曾经才会永远》序

鄂中荆门的黄旭升，将他写作多年的诗结集出版，我有幸先睹为快。读了诗集中的近万行诗，我发现这些诗主要写在二十世纪八十年代，而九十年代黄旭升的诗写得很少。是啊，八十年代，那是中国新诗繁荣的年代，写诗的多，读诗的也多，一个诗人可以凭借一首诗而走上诗坛，在全国引起反响。在那时的湖北、那时的荆门，写诗的也是一群一群的。荆门几个写诗的人当时要办一个诗刊，要我取名，我就取了“诗门”的名。这刊物办了多少期我不知道，但那时荆门的诗人在我们湖北诗坛是很有影响的，黄旭升就是其中的一员。

黄旭升的诗，就如他的人一样，质朴淳厚而又有较深的内涵。一味淳朴而无深的内蕴，做人与作文都不可取，那只是老实无用的别名，那是寡淡无味的文字。黄旭升的诗，语言是很质朴的，没有那种佶屈聱牙绕来绕去或是故作高深来一番新词轰炸的东西，他说的大多是日常用语，用这些语言组成明白晓畅但又有内涵的作品。

“城市吐出的鸦片烟”(《废气》)，“城市患的耳鸣症”(《噪音》)，这是黄旭升的两首诗，一首诗只有一行，但是写得十分贴切质朴且又有内涵。诗集中像这种例子还能找出许多，我这里说的是黄旭升诗歌的第一个特色。

诗歌是情感的产物，诗歌当然也有理性，但情感在诗中永远是摆在首位的。在黄旭升的诗中，写爱情、乡情、亲情的，都有很动人的篇章。读这些诗篇，那种情絮情丝在周身缭绕，我们似乎又回到了故乡的河边，听那月夜下的捣衣声；似乎又回到童年的乡村小学，在课桌中间画一条线，“五分之二的那边是你的纤弱/五分之三的这边是我的强悍”；似乎又在给初恋的情人写信，第一封第二封第三封，“都说你是不测的港湾/可我偏要做一次爱的探险”。而真正引出了我的眼泪的，却是诗集中的《保姆》这首诗，这首只有二十三行的短诗，写出了一个农妇勤劳辛苦的一生："你枯槁的手你手中温暖的棉条/你在煤油灯影里转动着的纺车/你花白的头发你头发下的岁月/留下了疤痕的面庞……""保姆/打猪草归来的你/舂米归来的你，磨面归来的你/迈着小脚匆匆收工的你/坐在灶前添柴映红了面颊的你/用古老催眠曲伴我入睡的你……"黄旭升用很简洁的诗行，勾勒出了这个农妇的生活。接着作者用四行诗结尾，引起读者的情感共鸣："保姆/你的丝已吐尽泪已流干/你在另一个世界聆听着/那首五音不全的赞美你的歌/是我并不矫揉造作的男中音。"读黄旭升的这首《保姆》，我就想起了艾青的《大堰河，我的保姆》，不能说黄旭升的这首诗已达到艾青那首诗的高度，我是说在情感的抒发上，他们是一样炽热而深远的。

情感的抒发是黄旭升诗歌的第二个特色，黄旭升诗歌的第三个特色就是他的现实关怀。诗离不开生活，诗人对现实的关怀，取决于他生活的环境及他的思考范围。黄旭升从小被父母寄养在乡下保姆家，回城后，他在纺织厂工作过；他生活在荆门炼油厂旁边，他居住的地方是个中等城市，因而他的诗歌就写到了"织女星"，写到了炼油厂北方人的后代，写到了“小城故事多”等。这都是他熟悉的，他写了一个熟悉的存在，他的一股诗情倾注在这些现实上，表现出了一种诗人的关怀。二十世纪八十年代，黄旭升一鼓作气写了三首《致我南疆的同龄人》。“以血肉之躯筑起边陲的是我南疆的同龄人/用弹片裁制五星红旗的是我南疆的同龄人/焦土上镌刻壮丽诗行的是我南疆的同龄人/当和平与腾飞在大地的怀抱里艰难妊娠/然后再孪生兄弟般相约相挽向我们走来/我们都将作为种子播进共和国的编年史/下一辈同龄人将为我们这一辈同龄人/在历史的丰碑上塑一组不朽的浮雕”。诗人如果不关心现实与人民，那将是一个悲剧。

黄旭升的诗歌发展下去，需要加强的恐怕是进一步的锤炼与纯净诗句，把诗歌写得更完美更有意境些，这是希望。

2000年12月3日

《绿太阳》序

认识钟华平是好些年前的事，虽说见面不多，但他每逢新年总有贺年卡寄来，留给我的印象还是深刻的。只知道他在武警部队搞电视工作，这次读了他的书稿《绿太阳》，才知道他业余时间也搞文学创作，且写作的门类不少。《绿太阳》有四辑，第一辑是小说，第二辑是散文，第三辑是诗歌，第四辑是电影剧本和谈影视的评论文章。书中收录最早的作品是 1983 年所写，最新的作品是 2002 年所写，那么可以说这本书是作者 20 年来在文学艺术的学习与探索中收获的成果的结晶。20 年，这么一本薄书，可见作者态度的严肃以及对自己作品要求的严格。就这一点说，我觉得是十分难得而可贵的。

在小说辑中，《将军"五同"记》是开篇作，这是由六个精短故事组成的系列故事。从看似平实、简约的叙述中，撷起将军与士兵相处的几朵浪花，折射出了人民军队最优良的传统在官兵身上最生动的弘扬。作者曾经说，作文如做鱼汤，这组文字应该看得出他的这一追求。中篇小说《白丝裙》是作者小说类中的重要作品，故事并不新鲜：一个大学毕业即将去国外留学的男子，在女朋友意外死亡后，到女朋友的家乡办教育，为贫困山区的孩子们呕心沥血，终因劳累成疾献身山里。这么一个不新鲜的故事，作者运用多视角、现代与落后的对比等叙述方式，把故事讲得曲折起伏，把人物塑造刻画得栩栩如生。而那条手工织成的精致的白丝裙，可以说是人物心灵美的象征。小说的写法无定数，如何写，则是鉴定作者功夫的试金石。

《乡下父亲》是作者散文类的代表作，也许我有着与作者相同的出生于乡村的家庭背景，也有一个乡下父亲，因而使我认为这篇散文写得朴实真挚，感情深刻，能打动人心，能使一切有乡村父亲的读者产生共鸣。父亲送16岁的儿子当兵，体检、政审、复查顺利过关，是到十里无人烟的荒湖滨上的劳改农场当哨兵。父亲是乡里的一个干部，经他的手招工提干的人不下一个排，但自己的四儿一女都不能沾点光。送儿当兵也是凭儿子自身的条件，而不是走后门。父亲送儿三件宝：128开本绛红塑料皮包装的《中国共产党章程》；一只肥皂盒，盒上有毛主席手书的“艰苦朴素”四个字；一本1958年版的《四角号码新词典》。父亲的这三件宝可谓意义深远，政治的、生活的、文化的希冀都包含其中了。儿子入了党，儿子提了干，儿子通过自己的努力自学，上了电影学院，写作发表了不少的作品。父亲的礼物，只是象征，而父亲对儿子的影响，那才是决定儿子成长为什么人的根本因素。乡下父亲是平凡的、千千万万的、不令人注意的，但乡下父亲却是伟大的，他能影响一个时代甚至一个社会，这绝不是夸大其词。从乡下走出来的儿子们的成功，哪一个能离得了乡下父亲的影响呢？

本书第三辑选编的是作者的诗歌，包括几首歌词和格律体的诗词。格律体的诗词是要讲究平仄韵脚的，不知作者是否在严格遵守。这类诗词写起来不自由，我是不写的，不熟悉格律的人，写起来累。这辑诗歌中要说的是《哨兵·哨所》和《北京印象》两组诗。《哨兵·哨所》是1984年写的，很合乎那个年代的军人的诗风。“我是哨兵/我用眼睛写诗——//对于敌人，我的眼睛，/是熊熊燃烧的烈火。//喷火的眼中书写着：/打击！//对于人民，我的眼睛，/是波光粼粼的湖水。//多情的眼中书写着：/保卫！……”构思上有点巧，诗中所喷发的激情，很合乎那个年代的思想。“山上的哨所/——琴室//上哨的山路/——琴弦//我是一个/欢快的琴键//每天欢快地/弹拨琴弦//让一颗赤子之心/与琴室共鸣//唱一支深情的歌儿/伴母亲睡眠。”这是一首精巧的战士抒情诗，今天读来，也能觉出其中的真挚与意境来。《北京印象》共选六首，是作者20世纪90年代初在北京电影学院求学时所写，这组诗的写法质朴，多了一些“诗美”与“现代”的特质。人要与时俱进，诗也要与时俱进，质朴的诗和现代味多一些的诗，都有其可读之处，说不上谁高谁低，我是这样认为的。

本书第四辑所收录的电影文学剧本《石破天惊》，和作者关于《石破天惊》致军艺陈思的三封信，可以连起来读。据作者在信中说，这是他在电影学院学习时做的作业，老师给了89分。这是一部带有神话想象的作品，探索性较强，是他第一次写人生困惑的作品，他的同学魏锋在解读这部作品时，称其为重写“生存神话”。作者是电影学院的毕业生，他写这部电影肯定是有追求的。我于电影是外行，只是从一个读者的角度来读这些文字，我要说，作者是有思考的，不论是剧本还是评论文字，都有一定的水平与理论深度。

读钟华平的《绿太阳》书稿，使我对钟华平由表面的认识达到了较深的认识。这是一个不赶潮流不追求轰动效应而只期望通过自己勤勤恳恳的写作来给读者留一些有益的东西的作家。在这里我提醒一句，欲求时尚、刺激、消闲的读者，不要读这本书。读这本书的读者，要耐心仔细地读完，你是不会白读的，你肯定会得到一些启示与教益。

2002年8月28日于武昌东亭

刘智毅诗集《青春如雪》序

武汉西行百余里乃嘉鱼，1998 年大抗洪时闻名全国的簰洲湾，系嘉鱼县的一个乡镇。我的出生地在武汉市江夏区范湖乡，与嘉鱼县毗邻。当我在华中师范大学的学弟熊世华携来嘉鱼县副县长刘智毅的诗集《青春如雪》，要我写序时，我没有推辞。原因有二：一是我与刘智毅可说是乡亲；二是刘智毅刚过而立之年，却当了几年的副县长，业余时间写诗，且有追求，这是很难得的。我真希望我们的诗人中有更多的县长和县委书记，因为写诗，对他们当官是有好处的，诗的境界与他们做官的境界，有很多的相通之处。

《青春如雪》共分为四辑，前三辑是诗，第四辑是诗论。读完全部诗稿，刘智毅诗歌创作的特点展现得十分鲜明，展现着诗人的个性。诗人的个性，能体现诗人的成就。

作者在嘉鱼土生土长，童年时放牛啊、打猪草啊、挖藕啊、插秧啊，使得他“手痒”要写诗，生长的环境，乡野的熏陶，促使乡土诗成为他的诗作的主要部分。诗集中的《梦童年》《桃花汛》《江南雨》，是多么能引领人回到乡情浓郁中沉醉的题目啊！但是刘智毅的乡土诗，却没有和老一代乡土诗人一样，去对乡境进行描写与对乡情进行营造，他的诗多是雕塑意象，进行理性的思考。什么是童年梦？——

掉进鸟巢的太阳
孵化果园的积雪
童年哟
乘冬的雪橇
一溜烟
滑进春天

累弯了枝桠的果子
醉了红润润的笑脸
童年哟
乘盛夏的风
一咕啦
扎进秋天

（作者的“滑进春天”“扎进秋天”作阶梯式排列，成斜线，以示滑进和扎进的轨迹，这种形象排列手法在诗集中出现多次，此处不细论。）

他的童年梦，通过几个典型的意象，表现的是一种从春到秋的意念蕴涵。参加故乡的诗会所作的诗歌，题目是《桃花汛》，写的却是——

可否记得那条牛鞭摔得天响
驱赶着板结的苦涩和贫困
可否记得那烟锅袋云雾层叠
依恋着即将燃尽的黄昏
多少轮青春化为古铜的躯体

面对风的呐喊雨的肆虐雷的嚣张

一千次一万次作刚劲威猛如雄狮般野性的挑战

尽管生活同苍天一般底色一样呆板

也要让勤劳开花让智慧结果筚路蓝缕以启山林

没有去具体地描绘，有的只是理性的叙说与呼喊，而结论满含哲理，“只有荒芜的土地/没有荒芜的人生”。

《江南雨》的结尾是——

江南的雨季哟

在雨季的江南里

存进青春爱情的银行

以切割痛苦的血作息钱

越流越长越流越湿越陷越深

这分明是理性、是象征。

除了具有思考理性的乡土诗外，《青春如雪》中收集的一批哲理诗也很有特色，如“燃烧自己/愈合别人的伤痕”(《焊铁》)，“沉得越深/捕的鱼越重”(《网》)，“抓住一次闪光的机会/就留下永恒”(《底片》)，“长不成参天大树/只因为贪恋/公园的风景”(《垂柳》)。这些短小隽永的小诗，只有两三行文字，却说明了深刻的道理，明白晓畅，意味无穷，犹如格言。而一首《岛》，把作者写哲理诗的才华，表现得更加充分——

几万万年作为一个囚犯
禁闭在
暗流之中
终于忍不住沉船的悲剧
以血的代价
破
海
而
出

人类叫你——
岛

尽管挣不出海的枷锁
而只有海
你才是你

怡然以土地的身份
在扯碎恶浪的闲暇
与海聊天

岛的产生，岛与海的关系，二者相依相存，辩证而且形象，这是一首优秀的短诗，富有哲理。

诗集中还有一部分是爱情诗，有的写得很有意境，如《渔乡夜景》，“一对足音/把夜踏得/更深更静”，美丽动人。在这些爱情诗中，也蕴含着一些哲理。看来这个刘智毅写诗是思考得多，凭感性下笔少。

最后，我要特别提出的是第四辑中所收录的《意象与意象诗的赏析》《哲理诗断想》两篇文章。作者拟的辑名是“斗胆诗论”，这表现了他的谦虚。我认为这两篇文章对意象诗和哲理诗的论定，都十分准确，举例贴切，分析都很到位。当我读完作者的这两篇诗论后，更加认定了作者诗作中的理性哲理的思考多于形象的营造与激情的表达。这就是刘智毅诗作中的个性或特色。

是为序。

2003 年 3 月 8 日于武昌翠柳街

《希望的思考》序

魏云乔 1978 年在《长江文艺》发表诗作时，我在《长江文艺》当诗歌编辑，魏云乔是我的作者。二十多年过去了，我和他来往不多，虽说武昌黄陂相隔不远。我只知道他在县文化馆待过，主编过地方的文艺小刊物，也常见他发表诗与唱词类的作品。只是近些年写得少了，原来他去某部门担任职务，去写经济论文和调查报告去了。

魏云乔要出版诗集，邀我写序。我当编辑多年，有点读稿成瘾。别人出书，叫我看稿，然后写些读后感，这就是序，我一般没推辞，何况魏云乔二十多年前就是我的作者。

魏云乔的诗，基本可分为两类，一类是乡土诗，一类为哲理诗。他把诗集定名为《希望的思考》，是有道理的，前者是希望，后者是思考。

在中国，乡土是改革的开始之地。“昔日/布衣兜着的/缺碗盛着的/泥墙糊着的/苦脸挂着的/均是负数和超支/白天是土灶熏黑的忧愁/夜晚是油灯跳动的叹息//联产承包责任制的钥匙/终于把这些装订成《历史》/于是/金色的数据/农户的名字/一同挤进银行/生长出荧光屏、洗衣机/生长出新工厂、文化室。”魏云乔的这首《故乡记事》写的是农村改革之后的变化，农村包围城市，农村的改革带动了城市的改革，带动了民族的腾飞，诗人的记载，为历史作了注脚。魏云乔写了许多描述乡村风景、农民生活、农民劳动的短诗，这些诗满溢着乡土气息，形象生动。“谁？迎面走来，/瞄瞄田垄，看看坝堤。/啊，管水员，/巡田露湿衣！//肩膀上的锄头，/将一轮明月挽住。/渠水迎他亮歌喉，/稻禾见他忙抽穗！”魏云乔还写了他乡下的父亲和母亲，充满着深深的亲情。他的农民父亲母亲，其实就是中国一代农民的缩影，他们的勤劳，他们的善良，是一种民族的美德。

读魏云乔的一大批哲理短诗，常被作者那种瞬间感受，由物及理，从平常中见出深邃哲理的敏锐折服。写短句子哲理诗的人不少，有的人能有自己独特的发现与表述，而有的人则是在作简单的名词解释。哲理诗，既能启发读者，也能启示自己，是诗人积极思考善于思考的收获。《希望》："诞生在/痛苦的摇篮/往往和人类的呼吸并存"，《韧劲》："登攀者的氧气/成功者的脊梁"，《困难》："一块磨刀石/能磨砺出/坚强的意志"，《迪斯科》："曲扭的应是/舞者的身躯和影子/而不是/舞者和观舞者的灵魂"。以上几首是我随便从诗集第一辑《露珠篇》中摘出的几首诗，而这几首诗是能体现出作者的水平的。魏云乔的体会是，小诗表现瞬间感受，采撷的是感情巅峰的花朵，映照出的是感情底片上最白炽的一瞬和最浓、最狂烈的刹那间，也是诗人思想火山中迸发出的星星点点的熔岩。这体会是很实在很到位的。魏云乔的这本诗集，放在当下诗坛上看，似乎不入某些人的法眼。他写的诗一点都不现代，更不后现代。他的诗非常好懂，非常的现实主义，非常的生活化，非常的直抒胸襟。现代诗、后现代诗有它们的读者，魏云乔写的这些现实主义诗也有自己的读者，这是必然的，也很正常。魏云乔的诗的读者更多的是农民，是年龄大一些的读者，这与他的诗大多写在二十世纪八十年代九十年代有关。

魏云乔今后还写诗吗？祝愿他写得更好些。这是一个编辑对作者的希望。

2003 年 7 月 2 日

《时间寻找长久的爱情》序

荆州有位作者叫王芸，曾在中国妇女出版社出版散文集《经历着异常美丽》。有一天，一位编辑送上她写湘西沈从文家园的万余字散文，是分节写的，编辑只选了其中的几节。我读了全文，被作者的细腻而有韵致的文字打动，就签了全文发表的终审意见。但此文《长江文艺》还没来得及发出，人民文学出版社的《中华散文》抢先全文发表。王芸来信言歉，并寄来《两张碟　平凡生活中的父亲母亲》，发表在《长江文艺》2003 年 8 月号上。在《长江文艺》年度作品评奖时，评委全票评出此文获《长江文艺》劲酒杯散文奖。今年 3 月，湖北省作家协会在宜昌龙泉山庄举行创作基地挂牌仪式暨青年作者笔会，我在笔会上才见到王芸。她是一个很文静秀气的女子，二十世纪七十年代出生，曾就读于湖北大学中文系。几天的笔会，无论是采风还是讨论，她都是文文静静的，那是在用心读社会读生活，用她的眼光来摄取现实的模样。我想，这是一位全身心投入于写作且有潜力的作者。

也是在这次笔会上，王芸给了我一叠她的中短篇小说稿，其中一部分已在《青年文学》《作品》《清明》等刊物上发表，有的还被《小说选刊》选载。王芸说，她要出一本中短篇小说集，希望我能写序。

王芸的短篇小说《日近黄昏》，读后令人不忘。她写了一个老公安干警，能用自己独特的令人想象不到的方式把顽固不化的犯人审得服服帖帖，使其将所犯罪行交代得清清楚楚。他是患“癌症”已没多长时间可活的人，使用偏方，右手拿一根竹竿，左手拿一只葫芦，到处抓蟑螂，捉到蟑螂后就放进嘴里嚼得咯吱咯吱响，大口咽下，再喝一口葫芦里的“神药”。他吃了五年蟑螂，竟然把“癌症”吃没了。年龄到了，要他退休，他偏不退，与领导打持久战，天天上班，拼命破案，最后在追捕一名杀人犯时，与犯人同归于尽，牺牲在岗位上，其生命闪耀出了光辉。这篇小说，与当下许多名家作品相比毫不逊色，怪不得被选入《2003中国年度最佳短篇小说》一书中。王芸用独特的情节与细节来写人，刻画人物的性格，写得生动，刻画得极有个性。小说是什么？小说不就是写人物写故事，通过人物与故事来展现或折射某种思想主题吗？从《日近黄昏》这篇小说中能看出王芸对小说创作艺术的把握与追求，独特的情节与细节是小说成功的重要因素。王芸的另一部中篇小说《海蓝蓝天蓝蓝》，写的是当代年轻男女的情感婚姻故事，用的是另一种笔法，絮絮叨叨，密织如网，写女人心态、男人德行，细致真切入微，颇有几分像张爱玲，写得一如她的散文风格。比起《日近黄昏》语言叙述的简捷、推进性强，《海蓝蓝天蓝蓝》则另有一种韵味。王芸作为七十年代生人，在写作时没去赶新潮追时尚，倒也难得。

我是个编辑，只能谈此印象，能为序吗？

2004年4月16日

情浓如酒　杯杯醉人

近些年读作家朋友的散文集子不少，这些文章所写事情千千万万，所抒情感丰富多彩。但是，只要是作家的笔触深入故乡亲人，那笔下流淌出来的浓浓乡情就立即产生一股力量，打动读者的心灵，引发读者的共鸣，有时甚至把阅读者感动得热泪盈眶。我自己就有过多次这样的感受。故乡人人有，亲情人人有，即使你远在万里之外，那一份故乡亲人的情结，你逃得过吗？

黄河的散文集《蹚过岁月的河》，就是这样的一本书。除少数文章外，集中大部分文章都是写的童年、故乡、亲人、故乡的历史与民间传说。这些文章读来亲切感人，融入了作者的思念、情感和那一份永不消逝的乡心。

黄河的故乡有一条府河，这是一条滋润、抚育了黄河家乡的河，黄河的童年与少年都是在这条河的旁边度过的。府河上的老艄公，府河边的黄龙庙，拉纤喊号子的船夫，藏宝之地金雁洲，在黄河饱蘸如血的浓情之笔下，展现出其沧桑、悲壮、深沉的历史来。府河是黄河青少年时期的生命河，他写出了它的美丽温顺伴着岁月流淌的历史。但黄河文章中写府河留给我刻骨铭心印象，并引起我深深震撼的却是几个血泪的故事。《哭泣的古渡》中那满载乡民和货物的木船被恶浪掀翻，十四个鲜活的男女葬身河底，成为在府河中漂流的不安灵魂，而岸边的人们只能把恸哭的泪水洒满河面。在《轮渡冤魂》中，那辆满载乘客的汽车在从河坡的渡口爬上轮渡时，坠入汹涌的河水中，汽车如一具巨大的铁棺，将几十个无辜的生灵囚禁于水府。三十五人死亡，十九人获救，死亡的人中有一对刚去县城领取结婚证书的年轻人。黄河说，在二十世纪末的十多年间，这条河上发生事故四十余起，死伤一百余人。当《天堑变通途》了，这些悲剧不再有了，府河有了大桥。黄河还写了一篇《洪水中挣扎的村庄》，那记叙也是触目惊心的。大水来了，村庄与土地尽没水里，人们逃难的惊慌与号哭声震四野。华太家的四口人落水，妻子和两个孩子趴着救命的摇窝，华太推着摇窝拼命往堤岸游去，摇窝负载太重，两个孩子要丢一个在水里，否则全家都难保命。妻子狠心把四岁的大女儿丢到水里，紧紧护着两岁的儿子在水中挣扎，终于获救。

黄河写故乡的这条河，裹着血泪，带着挚爱，让我们领略了这条府河的春秋与个性。

写故乡，离不了亲情，在“往事悠悠”与“亲情如灯”中，给我留下最深印象的，是黄河写自己的父亲。黄河笔下的父亲一向严肃，总是板着冰冷的脸，好像没有给孩子们笑容和温暖，以至黄河小时候与父亲经常发生对抗，打“父子之战”。父亲生性耿直，总是跟自己过不去，跟家人过不去，跟他看不惯的人过不去，吃了不少闷亏，教了一辈子书，到七十多岁还在郊外开荒种菜。当儿子无钱集资建房时，父亲却送来一张二万一千元的存折，存折上写着儿子的名字。这是父亲一辈子的积蓄，儿子在父亲一辈子的严格中体会到了那种无言的深爱。黄河写母亲的爱，那是苦难中的一种慈爱。风雨之中，母亲腋下夹着雨伞朝学校蹒跚走来，雨大路滑，母亲掉进沟里，一次两次扒着沟沿往上爬，泥里水里赶到学校，是为了给上小学的儿子送伞。为了给儿子买一支笔，母亲在下工后到野外挖地骨皮晒干卖给中药店，终于攒到了买一支笔的钱，当母亲用满是血口子的手给儿子一支笔时，儿子的眼泪奔涌而出。黄河三岁时，母亲和村里劳力到十里外的地方筑堤，十几天不能回家。姐姐带着弟弟在家，已经两天没有吃东西了。母亲在风雨之中，涉着齐腰深的河水，用布包严严实实包着两块炕粑，送给儿女吃，而自己却挨着饿，喝两瓢冷水。读着黄河写父亲母亲的文字，令我想起我勤劳的父亲和慈爱的母亲，我泪满双襟了。黄河，我们都是农民的儿子，我们的父亲母亲是平凡的，但我们也可以说，我们的父亲母亲是伟大的。

为什么写故乡写亲情的文章容易感动人呢？这是因为作者写自己经历的事情写得真，而且在心里存储的时间长，留有刻骨铭心的记忆。当一种需要使得作者动笔时，那情感之河开放，汩汩滔滔，一泻千里，情浓似酒。这多情之酒亲情之酒，因酿造的时间长，所以杯杯醉人。

《蹚过岁月的河》有一辑写的是伍子胥留在云梦的民

间传说故事，有些文史价值。而“蓝天观云”和“雪域奇观”两辑，是游记文章，留下了作者的所见所闻所感，虽说文字晓畅灵动，但是感人的力量是不如他的那些写故乡与亲情的文章的。写游记如果所写的东西不是自己深刻而独特的感受，要想打动人，那也是很难的。

黄河出生于农家，小时受过苦，凭着一种奋斗进取的精神，写下了不少好文章。这是黄河的第二本散文集，题目用了《蹚过岁月的河》，但是乡情与亲情的河，我们是蹚不过去的。

是为序。

2005年6月6日

刘明恒报告文学序

给企业和企业家写报告文学，多是歌功颂德作广告宣传，读者往往怀疑其意义与分量。鄂南作家刘明恒，是一个忠厚实在的人，当他将这部二十多万字的稿子交给我并希望我写序时，我心里嘀咕着，你也写起企业报告文学了？但我没回绝读他这部稿子。

国庆节假期的第一天，我竟然一口气把这部长篇报告文学读完了，且感到这一天过得不虚，很有收获。以至当夜在汉口江滩看焰火时，在满空五彩灿烂的焰火中，看出那其中的一团来自鄂南山里，黎珊玉和他的砂布厂，以自己的创造与贡献，如一团闪亮焰火，装饰了社会主义中国的蓝天。

二十世纪六七十年代，没有城镇户口的半边户妇女被称为黑市婆娘，经常被民兵纠察队赶出城镇。鄂南的通城县有十七位这样的妇女，她们在城关公社一个猪圈里办起了砂布厂。她们请来了一个领头人黎珊玉，大伙儿从不懂什么叫砂布开始，四处学艺，剽学技术，土法上马，自制设备，艰难销售，到最后使砂布厂成为拥有国内涂附磨具行业绝无仅有的设备，产品位列国内前茅，竞争世界同行业三强的湖北省玉立砂带股份有限公司。其犀利牌砂带，国际知名，“用犀利砂带，磨世界不平”的广告语，豪迈而又充满了自信，没有亚洲涂附磨具之王的底气，是不敢打出如此旗号的。

一个企业的成功是与其领头人分不开的，黎珊玉，这个出生在大山里的苦难孩子，这个领略了人生百味而充满了奋进向上精神的汉子，当他被一群妇女请到厂里领头之后，就把自己的生命与全部追求与砂布厂联系在一起了。为了销出产品，他不怕吃闭门羹，看别人的冷脸，连续三天三夜在火车上南来北往，没吃过一顿饱饭，没睡过一个好觉，终于使山沟里生产的砂布得到权威部门的认可，走进了广州交易会，走向了世界。他三顾茅庐请人才，终使国家机械工业部磨研所的高工感动，退休后到鄂南山里来为小厂服务。他狠抓科技创新，大胆设想，反复试验，研发出用牛皮纸代替耐水纸，用化纤布代替纯棉布，用石英砂代替金刚玉砂，用化学胶代替动物胶，降低了生产成本，提高了产品质量，开了中国涂附磨具产品的先河，改写了中国涂附磨具行业原料标准的历史。黎珊玉这个高中生，因其在科学创新发明上为中国涂附磨具行业做出的贡献，被评为高级工程师、享受国务院特殊津贴的专家。黎珊玉在商海决战中实行销售买断制，巧打价格战，以诚信赢天下，营造销售同心圆，培养大牌经销商，使得玉立的产品立于不败之地。黎珊玉严格管理，只要有人违反了制度，为了公司的利益，他决不讲情面，亲家母被迫走人，内侄被撤职，爱人被劝提前退休，一些工人被解聘，被取消员工资格，他还挥泪斩马谡，开除曾是玉立公司红人的干将。企业要想发展，不执行严格的管理制度，只是一句空话。黎珊玉创建了玉立文化（企业文化），实行人本思想，还搞了一个“思源工程”（饮水思源之意），回报父老乡亲。黎珊玉最终将玉立公司的分厂开到了国外，他的三级跳是一跳进入东南亚，二跳挺进欧洲，三跳深入北美，玉立的产品销遍全世界。

黎珊玉是一个奇人、强人、智慧人、有远大目标的人。他所干的这一切，不是为了名，也不是为了钱，更不是为了自己的子女，他是为了事业，为了中国的磨具行业进入世界三强，他是为国家做贡献。

黎珊玉，一个令人尊敬的企业家！

刘明恒是一个实在人，他写小说写诗，卓有成就。这部报告文学的采访他用了半年之久，终于打动了拒绝宣传的黎珊玉，使其敞开了心扉。他用翔实的材料，为读者写出了鄂南山中的一家世界知名企业和企业家，为读者和企业界的人士写出一部可供思考可受启示可作学习的书。

这是一个实在的作家写的一部实在的好书。

2006 年 10 月 5 日

时代与历史的显现

——李友清《岁月的回声》序

诗歌除了抒发情感、表现自我之外，还有一个重要的功能就是反映时代、记录历史。有的诗人追求性灵与诗意，其诗作透射出历史与时代的印痕是不自觉的；有的诗人重在记叙，其诗作显现的时代与历史的脚步完全是自觉的追求。这种自觉不自觉的反映历史和时代的诗人与诗作，在古今中外的诗坛，举目皆是。

李友清是一个学者型官员，从他的诗作中可以看出，他十七岁当兵，十八岁入党，后来当宣传部部长、县长、县委书记，再当孝感职业技术学院的党委书记、常务副院长，现任咸宁学院党委书记，他是一名官员。他拥有华中师范大学行政管理专业的硕士、华中科技大学高等教育专业的博士学历，职称是教授，他又是一个学者。我与他能扯得上关系是因为两点：第一，我们是华中师范大学的校友；第二，他是湖北省作家协会会员，我是湖北省作家协会副主席。当他出版诗集《岁月的回声》，邀我为他的诗集写序时，我就不能辞谢，只有勉力为之了。

李友清的诗作，显然是自觉地在记录时代与历史，这从诗集的名字《岁月的回声》即可看出。诗集中最早的组诗《成长》写于一九七零年四月，这是他刚刚入党的时间，才十八岁。在《穿上绿军装》《北苑新兵连》《警卫战士》《入党》四首诗中，他记叙了“五十名应征入伍青年，/生龙活虎聚集大礼堂!”穿上绿军装；然后是“一群英俊青年，/一队雄壮新兵”，聚集在北苑村新兵连；然后是到北京，“我能成为一名警卫战士，/为您放哨站岗，/深感无限光荣，/一颗赤诚的心/就像天安门城楼的明灯闪亮!”再然后是“这是最难忘的一天，/是最幸福令人陶醉的一天，/我举手宣誓——加入了伟大的中国共产党!”这是李友清从一个农村青年当上解放军然后入党的一段人生履历，是他官员与学者人生的起步，也是他开始学诗的起点。李友清后来的诗，基本上走的是记录自己人生道路与经历的路子，读完《岁月的回声》这本集子，读者能清晰地了解李友清的人生及情感。

这本诗集共有四辑，第一辑“故乡歌吟”写的是故乡、童年、父母和有关故乡的传说，第二辑“天涯诗路”写的是东奔西走所见到的一些城市及名胜古迹和出国访问的观感，第三辑“现实情怀”记录了从当兵开始到当县长当学院书记所经历的一些事情，第四辑“人生感悟”写了从人生经历中悟出的许多道理。

在李友清的许多诗中，我还要挑出一首说一说的是《民乐闸抢险》。一九九八年是中国人民难以忘怀的一年，这一年的大洪水让举国上下都在抗洪救灾。长江大洪水是全国抗洪中的最大战场，百万军民开往前线，党的总书记与国家总理亲临现场，长江大堤上，将星闪耀，激战不分昼夜。当时李友清任汉川(刚刚县改市)市委书记，长江最大支流汉水紧压着汉川，李友清领着防汛大军死守大堤。“汉北河水水滔天，/昼夜寸长乌云滚，/长江顶托无出处，/南北夹击险象生。//十万军民联防守，/排队滚动盘查险，/夜间河堤两岸增，/如同巨龙卧人间，/洪水涨高堤更高，/麻袋草包物资全。”在这险象环生的处境中，他带领十万军民防守。民乐闸溃口了，“水魔如同脱缰马，/洪水胜似箭离弦。//飞浪直泄三千尺，/怒吼狂啸惊心魂”。面对这么大的水情，作为第一责任人的市委书记，在现场指挥抢险，在省市领导亲临现场、八方援兵物资调运到场的情况下，石料几百方地朝水里放，沉船沉车仍然堵不了口子，最后采用三峡截流工程所用的软丝石笼才堵住了口子，才排除了民乐闸的险情。而李友清自己是“吾喉失声不能语，/腰疾难忍封闭针。//钢板护腰身溃烂，/五个昼夜为人民”。《民乐闸抢险》这首诗有声有色地记录了那些难忘的日夜，那种场面和系在心头的担子对李友清来说是终生难忘的。

李友清《岁月的回声》这部诗集的艺术特色一是真实，二是淳朴。真实是作品的生命，对于诗歌来说，记叙事件抒发感情，来不得半点虚假的东西。李友清的诗是真实的，真实得如他的纪年体自传。李友清诗歌的语言，十分口语化，淳朴自然，没有过多的形容词，没有佶屈聱牙的东西，不做作，完全是自然的流露。

希望李友清在今后写诗的道路上，越走越宽广。

2007年11月30日

静水如蓝

——温新阶《乡村影像》序

我在《长江文艺》做编辑，发表过温新阶的一些散文与小说。在湖北的散文作家中，温新阶的散文创作是卓有成就的，他的《豆芽菜》曾在日本获奖，散文集《他乡故乡》曾获得国家四大文学奖项之一的“骏马奖”。这在湖北的散文作家中是少有的。我认识温新阶有二十多年了，他就一直以散文写作为主，在那里不声不响、矢志不渝地写着，时有优秀作品出现。他不浮躁不张扬，只让心中的那条情感之河静静地流淌到纸面上，让读者去读。

我在《长江文艺》上发表温新阶的最好散文是《故乡三月》，这篇长达一万二千字的散文深深地打动了我，除了文章本身的魅力外，还因为三十多年前我到过文章中写的秀峰桥这个地方。一九七五年的长阳县景峰公社可是全国全省知名的山歌之乡，长阳的五句子山歌鼎鼎有名，最有名的是《开创世界我工农》。长阳有著名农民诗人习久兰和蔡梓三。那年景峰公社举行赛歌大会，我和省音乐家协会、省歌舞团、省曲艺团、省新闻电影制片厂的一干人等坐车乘船走路并用，花三天时间到达秀峰小镇，景峰公社就在小镇上。那是成千上万人的大赛歌，那是特定年代长阳山里的一次盛会，那也是我终生难忘的一次诗歌采风活动。

温新阶在文章中说他回故乡的第一站就是秀峰桥，他在镇上中学教了十一年语文。我们那次就是住在中学教室里，十几人住一屋。秀峰桥真是一个美丽的地方，我读着温新阶所写的秀峰桥的日常生活和今天的变化，回忆三十多年前的那次采风，一种怀念的惆怅和感慨在心中久久不散。《故乡三月》接着写榔坪的木瓜，写到乐园公社的宣传员秦尚丰，我前面提到的《开创世界我工农》就是秦尚丰写的。文中说秦尚丰因酒殒命，又令我一阵伤感。再接着温新阶写到一个著名人物覃祥官，他是二十世纪六十年代中国农村合作医疗制度的创始人，被西方媒体称作“合作医疗之父”，毛泽东主席对他创办的合作医疗制度作过批示。当时全国二十八个省市都推广了覃祥官的合作医疗制度，他为中国农民创造了福音。覃祥官后来调到湖北省卫生厅做副厅长，他适应不了，干脆回到故乡，还是搞他的合作医疗，当他的农民，七十好几的人，还种他的地。《故乡三月》最后一部分是写作者的父亲母亲，那种亲情，那种对农民父亲母亲的叙写，又引起我强烈的共鸣。我也有与温新阶父母一样做农民的父亲母亲，作家写自己的农民父亲母亲，心灵总是相通的，那种血肉相连的情感也是共同的。

温新阶散文写作的题材，主要是他故乡的山水、场景、人物，《秀峰桥的月亮》《风吹燕麦》《在书页中流淌的聂河》《鄂西女子》《铁匠铺》《大姑父》《大舅》等篇都是。可以说是鄂西长阳那地方，是鄂西土家族的文化与生活哺育了温新阶，哺育出了温新阶这个具有十分浓烈的乡土气息的作家。在温新阶的散文中很难看到都市的喧嚣与繁华，看不到那种尔虞我诈的人与事，这是一种难得的纯净。作家的写作，都有自己的那块地，他的文章就如他在自己的那块地上辛勤耕耘之后长出的庄稼。

沈从文的地在湘西，温新阶的地在鄂西在长阳，他是从大师那里得到启示而几十年不离开，还在那里辛勤地开掘吗？

温新阶出了好几本散文集，一些评论家们对他的作品给予了很好的评价。他在即将出版新的散文集时，嘱我给他写点什么。我就写了对他的散文的这种感觉。毫无疑问，温新阶的散文语言是朴实的、简洁的，但这种朴实与简洁中却透出了一种动人的美。“静水总是很深的，有多深，也说不准，本来这水清澈无比如玻璃一般，玻璃厚了，也变得不怎么透明，却只是一个蓝，蓝如玉，蓝似翡翠，蓝得叫人心悸不已。”我在这里随手引用的是温新阶描写聂河之水的一段话。我希望温新阶的散文写作不断地打磨修炼，能如他笔下聂河的水一样，让人读得心动。

2007年12月6日

《夏日风》序

那是二十三年前，《长江文艺》杂志办刊授，我担任辅导老师，给学员的作品作点评。有一个叫陈士秀的人的乡土诗写得还可以，我选了几首发表在刊授版上，并作了点评。二十三年后的某一天，我见到陈士秀，他已从一个乡村中学教师岗位上退下来了。他送来了一叠诗文稿，想出版一本集子，集子名字叫《夏日风》。这个我第一次见面却一提名字就记起来的陈士秀，要我将他的诗文集读一读，并且写一点文字。

陈士秀有四个儿子，都已成人，他把这本诗文集称为他的第五个儿子，可见他对这本诗文集的看重。一个乡村教师，在业余时间写些长短不齐的诗文，退休后欲将其印出来作为他一辈子爱好的总结，我为他的这种执着于文学的情感所感动。我不能拒绝，我要读完他的这本诗文集稿子，我要写点文字，祝贺陈士秀的第五个儿子的诞生。

陈士秀所写的这些诗与文，应该说是水准不一的，有的文字很打动人，有的则平淡一般。但他的这些作品，却都是出于内心，有感而发，没有空洞无聊的东西，有的都是实实在在的记叙与认识，这是难能可贵的。写文章，虽写不了美文，但写的是自己想要表达的东西，且能给读的人一些启示或审美的享受，就是成功的。朴素真实的文章更能打动人。陈士秀在《雪的回忆》中写他小时被送给人家做养子，领养他的人家给他找了一个童养媳水儿，水儿对他很好，水儿做许多事，水儿挨打，水儿和他在雪地里玩乐，真是生动而又令人心酸。特别是他最终未与水儿结成夫妻，几十年过去了，今天水儿过得好吗？诗文集中的另一篇好文章是《侃妻》。陈士秀在这里写了他妻子陈玉美开始当教师时是一个美丽文静的姑娘，在当了三十多年的民办教师后，因为当的时间太长，失去了转正机会。知道这个消息后，陈玉美只是淡淡地说："几十年没转正我不一样教书吗？只要能教书我就知足了。”“好像她生来只为教书，其他都是身外之物。一进学校的门，她都不属于自己了。”陈士秀写出了一个好教师好妻子，平凡朴实又感人。难怪这文章发表在《湖北教育报》后，被评为“民办教师春秋”征文一等奖。

陈士秀的诗与他的文一样，其特色也是朴实真切不空洞。我当年评点过的《春讯五章》，在诗文集中也选进去了。我当年是这样点评这组诗的：“乡村的作者写的乡间农事诗，说不上很深刻，但有生活气，是从生活中捕捉到的情感。由踢破雪被的胖娃娃，表达了走向田间的迫切心情。选种，育秧，插秧，都是具体的农事活动，作者用朴实的语言写出来了，不干巴，有些诗句还不错。诗能写到这样，也不错了。比起那些在那里故作深刻吟哦出谁也不明白的句子的诗要好。”二十三年前我对一组诗的看法就是对陈士秀所有诗的看法，所以抄在上面。

写诗作文，是个人爱好与追求，成大作家大诗人也好，成小作家小诗人也好，重在一个心情。陈士秀把自己多年的诗文编成一册，印出来，也是一个心情。

谨此祝贺！

2008 年 12 月 9 日

思索、使命和热情

——《走近家园》序

王振权的文集《走近家园》由散文、杂文、文学评论三类文章组成。按照一种文章分类学的分法，所有文章分为小说、戏剧、诗歌、散文四大类，散文包括除小说、戏剧、诗歌外的所有文章。《走近家园》是一本大散文集，这是毫无疑问的。

读完王振权的这本文集，我没有像读到一般散文集子那样，看到的是对风景、文物、旅途见闻、故乡情感的叙述与抒写。如今写散文的人太多太多，似乎过了初中作文关的人都能写，大量的是平实的、罗列的语句以及对资料的引用。出国旅游的人，回来写欧洲或其他国家，大同小异，很少见到作者的灵魂感动与生命的觉悟。

王振权的文章，不是这样的，而是展现了一种思索、一种使命和一种热情，虽说不是篇篇深刻，但却有一种理性的光芒，能给人带来不少的启迪与升华。

王振权是一个写作者，在《走近家园》这篇开卷之作中，他纠正了过去那种极端的人生信条，渐渐明白，人生这部战斗的史书其实并不欢迎那种盲目的反叛和对抗。生活中不仅仅只有诗，我们不必老是像虫子在松果里穿行一样在诗歌语言和童话幻想中作茧自缚。人是属于社会的，在现在这样一个极度物质化和生活具体化的社会里，意欲追求并拥有一种永恒或绝对的人生境界是不可能的。人生其实是一个过程——一个跋涉的过程，只要我们曾经“上下而求索”过，即使未能历其藩篱，达其至高，或至中途跌倒于荆棘丛中，也如屈子所谓“亦余心之所善兮，虽九死其犹未悔”。在接下来的《孤独小语》《坚守日记》《拷问灵魂》诸篇中，作者对生活对文化的思考，时时闪现出其思想的火光：

“孤独不是甘于平庸，不是无所作为，也不是一种人生的无奈，而是一种达到某一高度后才会有的真正的人生况味，是一门高深的艺术和一种最高的秩序。”

“苦难让我觉得一个人活得不容易，活着伟大而倍感自豪。在苦难面前，我没有理由沮丧，我没有任何理由让自己的信念不昂扬。”

“我便是我，我便是一切，我生命的画板不需要别人着色，我生命的太阳只等候自己去点燃！”

上引这些文字，是王振权愈来愈走近的精神家园，这是从那些所谓的散文中难以读到的，这是这本文集的内涵及意义所在，是其鲜明的特色。

王振权文章中的使命感，可以从他的大量杂文中看出来。这些杂文的写作，我看其创作初衷都是来源于媒体。当下媒体报道，其公开性与透明度与二十世纪七八十年代是不可同日而语的，既报道正面消息也报道负面消息，既报道社会的光明面也报道社会的黑暗面，这是一个巨大的进步，是改革开放的结果。对于社会上存在的溃疡，有些人视而不见，有些人见了，麻木起来，或只是破口大骂，这都无益于社会的进步。而有责任感使命感的作家见了，写出一篇篇的文章，对这些“溃疡”进行批判，并进行分析解剖，寻找疗救的药方。鲁迅先生是写这类杂文的旗手，王振权继承衣钵，写出一批杂文来，其战斗性与使命感表现得很充分。有房地产商建议炸掉故宫修住宅楼、黑砖窑事件、恶搞新诗、网络血腥味、学费害人命、高考舞弊、“抄袭门”等，无不是将事件拣出来解剖一番再示众，以呼喊更多的人来批判这可恶之事。王振权的杂文也有赞扬的篇章，如对救灾中国家领导人的民本情怀的歌颂。杂文不光是批判，当然也可以赞颂。

我说王振权文章中的热情，是指他写的一批文学评论。这些评论是评介麻城或黄冈的作家或诗人的作品的，这些人是王乐元、李明、董胜素、王明晴、杨思金、凌礼潮、罗登求、熊明修、郑重建、王浩洪、曾铎、缪益鹏、刘淑萍。如今的文学评论家们，认认真真地阅读原著，写出有分析有见解的文章的人有，但不多。因为写这样的文章，是要花功夫用气力的。我们见多了那种在作品研讨会上发表敷衍成篇的赞扬再加一点希望后，拿了红包走人的评论家，他们中有的人根本没有读过原著或只是翻了一下原著而已。对于基层作者们的创作，他们是无眼相看的。王振权一下子写了对十几个基层作者作品评论的文章，我是很惊讶也很敬佩的。王振权对所评作者的作品，是认真地读过的，在分析原著进行评点时也是认真且尽力的。对于王振权的这种精神，我称其为热情。不论他的评点对作者与作品起多大作用，只要他做了，就了不得，就一定有作用，对作者就是一种友善与鼓励。

关于王振权的这本书，我还要说的是，他的语言是实在的理性的，有着诗意的美。我们见了太多滥情空洞做作的语言，而王振权的语言就十分难得。一个能把散文、杂文、文学评论统一在一种语言风格下的作家，是难得的。王振权写过诗，写过诗的人再写散文与小说等，其诗性在其语言中就像春日行走在大别山中，遍野绿色中时现艳丽的红花。

我祝王振权早日走进自己的精神家园。

人生难老得永年

友人荐来杨斌庆先生的散文《江南学书三得》，细读其文，作者对书圣王羲之的《兰亭集序》产生的环境与作者的心境作了描述，从而得出“书法就是写激情”的心得。从文中还可以看出，杨斌庆是个搞书法的，他对书法的见解有自己的体悟。普陀山看观世音有三十二个化身，而书法同观世音一样，同一个字，有许多种写法。书法要变体，是因为书法是艺术，就必须给人以生动感，给人以美的感受。这同人体一样，在一般情况下，看不出惊人之处；如果舞蹈起来，跳出多种造型优美的动作，就会给人耳目一新的感觉。人体在一般情况下不叫艺术，只有舞蹈才叫艺术。因此，中国书法之所以成为艺术，就是因为文字的变体。《江南学书三得》是杨斌庆散文中的佼佼者，我当时任《长江文艺》主编，就签发在《长江文艺》上发表，并且做该文的责任编辑。后来在《书法报》上，读到杨斌庆的书法作品，那字是有功力的，且在字的变化与结构上出新，颇有个性。就想，这位杨先生是一个书法与散文都写得不错的人，是一个有追求的人。

其实我也早就知道杨斌庆是我在华中师范大学中文系的学长，而且从政多年。他大学毕业后即得到湖北的老省长张体学的青睐，从乡下基层干起，做到襄樊(今襄阳)市委书记，在湖北省政协副主席位置上退休。像他这样的副省级干部，退休后选择研习书法与散文，怡情养性，进行艺术创造，真是难能可贵，我想这与他在大学学的是文科有关系吧！

杨斌庆这次把已发表的诸多散文辑成一集，准备出版。我先得到原稿，从头到尾读了一遍，就产生了写此短文的冲动。我只挑出书中的《人之初》《只把老年当作童年》两文，来说说杨斌庆的年轻心态和他追求的永年境界。

《人之初》有个副标题是“小石头一岁半日记”。爷爷代孙子写日记，把一岁半的孙子的可爱、聪明、纯真无邪、童性思维、助人、爱美等，写得生动真切，令人读后对小石头产生了亲他一口的愿望。我想杨斌庆可能为小石头写了长长的日记，这里收的只是其中的十二则。如果将来把长长的日记整理出版，那将是一本可爱而令人愉快的书。作者能在日常生活中观察一岁半孩子的生活与言行，并津津有味地记下来，作者没有一颗童心是不会记得如此生动的。

《只把老年当作童年》谈的是六十岁以后的追求。六十岁了，并不甘心就此休息，还有使不完的劲哩！八大山人朱耷在反清复明累遭失败后，只好遁入空门装哑巴。他五十九岁还俗归隐，从六十岁开始移情书画，并且摆脱前人窠臼，突破“馆阁”樊篱，写出纯朴圆润、自成一体的“八大书体”，令人耳目一新。朱耷的水墨画亦显大气，笔法简括凝练，形象夸张生动，意境冷寂深远。八大山人是在六十岁到八十岁这二十年间走向辉煌的。从朱耷的成功中，杨斌庆得出结论：六十岁是新的人生起点，是攀登新高峰的起点，是走向新辉煌的起点。就此，他调整心态，估量着自己的能力和条件，筹划自己的目标和措施。杨斌庆练书法，对着米芾、王铎的字帖勤学苦练，每天临习几个小时，达到如痴如醉的程度，并请专家名人指教，终有收获，举办几次个人书法展，出了几本书法集。除了书法之外，杨斌庆还写散文，每次外出考察都手里拿着小本本，走到哪里记到哪里，回家之后就写散文游记。他还自费订阅《散文选刊》等杂志，研读鲁迅、余秋雨、贾平凹等名家的散文，提高自身的写作水平。他如今已在《人民日报》《湖北日报》《长江文艺》《芳草》等刊物上发表散文十多万字。

杨斌庆从官员位置上退下来后，在散文和书法中追求自己的第二次青春，是成功的。他没有失落感，他过得很充实，他继续磨砺自己的意志，保持一种良好的心态和精神面貌。“清泉难老人亦然，耕耘岁月得永年。”我们读杨斌庆的这本散文集，所受启发应在这里。

美丽　丰富　真情

——《蓝色心语》序

这不是一本纯粹的文学书，它是由诗歌、散文、格言、曲艺，甚至还有领导讲话、工作总结、新闻报道组成的一本集子。读完这本集子，我想起诗人徐迟先生在旅行云南之后写的一首诗，诗名叫《美丽　丰富　神奇》。多少年过去了，概括云南风光再也找不出比这六个字更准确的语言了，今天人们只要到云南，就会想起美丽、丰富、神奇六个字。而我读《蓝色心语》，借用徐老的前四字，再将后二字“神奇”改为“真情”，来概括这本书，想必是恰当的。

先说这本书的丰富。其写作体裁多种多样，书中所写的内容，更是林林总总，无所不包。抗震救灾、征税的酸甜苦辣、读书感悟、学习体会、旅游观光、故乡情、亲人爱，写尽了税务人员的生活、情感。“站起来，汶川！/不要哭泣，/把眼泪擦干。”全国人民在支持你们，税务人员在支持你们，“献血车旁，募捐箱边，/爱心汇成一股股温泉”。“我喜欢读书。我知道，读书不可能改变人生的起点，但能改变人生的终点；读书不可能改变人生的长度，但能改变人生的宽度”，这是一位税务人员谈的读书体会，多么有启迪意义。谁说我们的税务人员只会征税收钱，他们的文化素养很高啊！他们成天忙于工作，晚上回家时头昏脑胀，突然悟出身体是革命的本钱，要想工作好，必须要有好身体，于是制订了跑步计划，坚持下来，头昏胸闷减轻了，每天都有充沛的精力，工作起来效率更高。这是吕永泽《运动等于财富》一文所写的体会，这体会难道不是对所有不注意锻炼的人的一记警钟与一剂良药吗？除了文体、内容的多样性，还有思想内涵的深刻多样。

再说美丽。这美丽不是说这本书的文字有多精美，而是我在读了书中的税务人员所写的税务生涯之后，感到千千万万税务人员的灵魂之美。皇粮国税，自古以来，天经地义。国家政权、社会公益、军队警察等，全靠财政支持，而财政收入靠收税人征收税款积攒。这巨额的财政收入，全靠我们的税务人员一分一厘地收起来啊，没有他们，我们的政权就不能巩固。当我读到基层的税务人员，拿着税票一家一户征收税款，跑东家走西家，每天回家一身臭汗，为了一元钱的税，对方甚至拿刀威胁；为了堵截逃税的猪贩子，雨夜里在路边伏击，浑身湿透，冷得直打颤，终于让逃税者交了2100元的税款；从一则收树的小广告而寻到树贩子，树贩子驾车逃跑，树从车上滚下来差点砸死我们的税务人员，我深深地为我们的税务人员的精神所感动。农村的税收工作是艰难的，小商小贩有时为了逃税，对税务人员拳打脚踢。例如卖牛肉的摊贩见税务人员来了，开车就走。税务人员冲上去，抓住拖车不放，牛肉贩子对其进行殴打，仍不放手，终于收到了50元的税款。又如为了核对砖窑的砖块数，税务人员一块块地去数那砖，让国家的税一分一厘都不少。有人笑着说："少宰一头猪，多跑一车货，与你有多大关系？你起五更爬半夜为的啥呀？你是不是疯了？"我们的税务人员回答："那可都是国家的税款呀！我宁肯少睡一会儿，也不能让一分钱白白流失!”《走好，老战友》中记载了一个分局的四位退休税务干部先后去世，他们中有1949年就参加税务工作的老同志，他们把一生献给了税务事业，无怨无悔，他们临终时的要求是穿上税服火化。聚财为国，执法为民，《蓝色心语》中所收诗文，全都由税务人员和他们的子女亲属所写，有许多税务人员的生活细节很感人。我们要向这些税务人员致礼，你们的工作是美丽的，你们的灵魂是美丽的。

最后说真情。从文学角度来说，没有真情就没有文学。如果你的写作态度是虚伪的、做作的，那么你写出来的东西绝不会感人。诗与文，要写真心抒真情，像巴金先生那样不说假话。《蓝色心语》，就书名来释义，我想是税务人员心灵上的震动用文字来抒写大约不会错，而蓝色是象征税服税帽的颜色。写故乡、写亲人的诗文，更是离不了真情。想起童年，想起乡村，想起老奶奶，想起操劳的父亲母亲，谁的心中不涌起一股温馨甜蜜或是苦涩难忘的情感?《老家》《老屋》《故乡——你是永远不断线的风筝》，读读这些题目，你就能想象得到作者心中那浓得化不开的情。还有《宠物龙》一篇，写一小儿，那小儿的稚气、可爱形象跃然纸上，情趣盎然，妙趣横生。情真而又妙趣，文章又上了一个层次。写文章必须用真情，真情之文才感人，这在《蓝色心语》中又一次得到印证。

《蓝色心语》是湖北省仙桃市国税局的员工们共同写作的一本书，这是一本体现了国税文化的书，是一本记载了仙桃国税人前进足迹与心路历程的书。我读了，写了以上体会，以求教于仙桃国税系统的朋友们。

2009 年 3 月 1 日于武昌翠柳街

《纤笔风韵》序

朋友墨然打电话让我为一本旧体诗词集作序，我犹豫了片刻。墨然说这些旧体诗词都写得很明朗易懂，我就答应了。我做文学编辑三十六载，写诗作文时间还要长一点，这些年来为作者的诗文集作序也有几十篇了。在我看来，当编辑读稿天经地义，把即将出版的文稿读了，写上自己的见解，就是序了。我的老师徐迟、碧野两位先生在二十世纪八十年代给我的诗集、散文集写的序，言简意赅、字字珠玑，那是留给我的珍贵礼物，他们当为我的楷模。

很快我就读到雷宜水先生已出版的《纤笔歌韵》《纤笔雅韵》和即将出版的《纤笔风韵》书稿。这是三本旧体诗词集。不是墨然说作者写得明朗易懂，我或许就不会答应写序的，就无缘结识雷宜水的这三本诗词集了。少年时我曾读过王力先生的那本很厚的《诗词格律学》，后来又读过吴丈蜀先生写的诗词格律的书，但我自己不写格律诗。我也不是反对旧体诗词，可能是自己写新诗，对于格律诗不上心吧！

我一直认为，无论新诗旧诗，都要写得明白晓畅，让人能懂。新诗里玩先锋现代、佶屈聱牙、虚无缥缈和旧诗里堆典故、用僻字、求深奥都是不可取的。读诗本是一种享受，你弄得太深奥别人读得艰难，你就是失败。在历代诗词中，妇孺皆知、朗朗上口的名诗已成经典。“床前明月光，疑是地上霜。举头望明月，低头思故乡”多么明朗易懂！“锄禾日当午，汗滴禾下土。谁知盘中餐，粒粒皆辛苦”多么通俗晓畅！

“翠岭碧水相辉映，蓝天白云两色分。放眼长空心向远，脚踏峰巅我为尊。”这是雷宜水集子中的《登高》一诗，读来上口，不须注解，有点文化的读者都可以读懂，而作者在诗中寄寓的追求与抱负也很了然。“全民救灾捐善款，感同身受岂旁观。漫漫长路有终点，抚平伤口建家园。”《捐款救灾》一诗写的是捐款者的感同身受与愿望，也是简洁明了。《纤笔风韵》一集中所收作品，可以举出许多这样的诗与词。我一直觉得，当下写旧体诗词的一些诗人，把诗词写得通俗易懂，形成新格律体的诗派来，当是中国格律诗词发展的方向。雷宜水先生的这三本旧体诗词集，我认为是一种很好的实践。

“诗言志”，毛泽东主席当年在重庆手书这三字，赠送给诗人徐迟。这三字指出了诗的宗旨与目的。我觉得这三个字是写旧体诗词者应奉为圭臬的。旧体诗词高度凝练，锤字炼句，字字都有意义，不像新诗中大量铺排叙述。写旧体诗词的人，每写一诗，都是抒发自己的所思所感所悟。网上曾传得沸沸扬扬的梨花体代表作：“毫无疑问，我做的馅饼，是最好吃的。”这种所谓的诗是言不了什么志的。读《纤笔风韵》一集中所有诗词，没有不抒发作者心中之志的诗，也没有为赋新词强说愁的无聊口水之作。

“除去烦恼须无我，历尽艰辛好做人。”(《坐窗心语》)“失误每从勉强起，烦恼皆因嫉妒生。良言似宝终身用，心作良田一世耕。”(《自得残悟》)两诗中都写了烦恼，烦恼因嫉妒所生，良言似宝，人要自耕心田，不断修炼自己做一个真正的人。“除却私欲清贫乐，洗尽杂念归自然。”《聊记》中的这两句诗，表达了诗人的人生追求与境界。“斜阳西下白鹭飞，南山湖畔乘兴归。洗去心中贪欲念，荡却昨日是与非。”《偶笔》一诗，言的是作者的清正廉洁之志。贪欲之念能把人引向泥潭，现如今那些贪污受贿、腐化倒台的人有多少？如果这些人不断洗去心中贪欲念，就不会有今天的下场。雷宜水的诗词中言向上之志、修身之志、养性之志，能给读者许多启发与精神的提升。

读雷宜水的履历，得知他在财政岗位上干了三十多年，而且对业务研究颇深，在专业刊物上发表过财政、税务、经济、会计类论文六十余篇。他在搞好业务工作之余，喜欢赋诗作词，且有成就，2005 年和 2007 年先后出版了两部诗词集，这是他的第三部诗词集。这是非常难得的，这是非常令人敬佩的，这也是非常值得提倡的。当下世界五光十色，诱惑多多，各种消遣也多，而避开这些，把业余时间放在阅读、放在赋诗作词上，这无疑是一种高雅的人生追求。人的爱好是多种多样的，在寻求这些爱好中享受愉悦和快乐，写诗填词也是如此。“吟得佳句眉飞舞，读到奇书手拍胸。”这是雷宜水的自我调侃之句。“赋诗待客春如意，品茶谈天好舒心。富贵乃为身外事，贫寂不忘心中情。”《快乐情趣》中这四句把沉浸在赋诗品茶中的乐趣再来一次提升，真是感染读者的抒写。做好本职工作，又有一项业余爱好，这爱好高雅且有乐趣，人生难得的境界也！

雷宜水是1950年5月生人，我乃1950年12月生人，同属虎，难得同庚。谢谢朋友墨然的电话，让我们有此文学邂逅。以上浅见，谨作序言，并祝宜水兄诗词写作再上台阶。

2009年3月12日

《长江文艺六十年丛书》序

一九四九年六月十八日，在解放战争的隆隆炮声中，《长江文艺》创刊了。回顾来路，《长江文艺》穿越了六十年的风雨岁月，在党的领导下，在党的文艺方针政策的指引下，在一代代编辑人员的竭力奉献下，为中国当代文学的发展与繁荣，作出了自己的贡献。

六十年，《长江文艺》曾受到历次政治运动的影响，受到“极左”路线的干扰与破坏，有过一九五三年一月至七月、一九六零年十月至一九六一年七月、一九六六年七月至一九七三年四月的三次停刊，一九七三年五月至一九七八年四月用《湖北文艺》刊名出版。《长江文艺》出版五百八十八期，《湖北文艺》出版三十二期，两者相加，总共出版了六百二十期。这六百二十期不是一个简单的数字，而是众多作者与《长江文艺》编辑们共同生产的文化砖块，垒砌起的中国社会主义的文学之墙，为提高民族文化水准，凝注的赤诚结晶。

六十年，在《长江文艺》编辑部工作的人员有踏着解放战争炮火而南下的于黑丁、俞林、李季等，也有稍后从延安来进入编辑部担任领导的骆文、王淑耘等，他们属于创办的一代，是老一辈文艺工作者。按十年一代人分，《长江文艺》有六代编辑。根据统计，先后在《长江文艺》工作过的人员有七十余人。这延续了六代人的辛勤工作，是值得永远尊敬的，是不应该被人忘记的。

六十年，《长江文艺》秉承的宗旨不变，那就是发现培养文学人才，推出优秀文学作品。在刊物创办之初，就开展了“长江文艺通讯员”的活动，聘请了六十多位有成就的专业作家为通讯员解答问题，在刊物上开辟各种专栏，为通讯员服务。在中华人民共和国成立之初，文学杂志开展这种活动，是一个创举，一批后来在中国文坛卓有影响的诗人与作家都曾当过长江文艺通讯员，《人民日报》在当时作过专题报道。后来，刊物通过办刊授、笔会、设奖等各种活动，从广大文学新军中挑选将才，提供他们展示身手的平台，使得一代代的作家们在这里脱颖而出。他们的名字从1949年到现在，可以列出一长排来，其中担任过中国作协副主席、省作家协会主席的就有好几位。刊物发现了作者，作者也写出了优秀作品，支持弘扬了刊物。六十年来，在《长江文艺》上发表的优秀作品举不胜举，有诗歌、小说、散文、评论、电影文学剧本、报告文学等，这些作品在当代文学史上留下了不可或缺的篇章。《长江文艺》现为湖北省作家协会会刊，全国核心中文期刊，湖北省优秀期刊，中国期刊方阵双效期刊。

在《长江文艺》创刊六十年之际，我们即将迎来中华人民共和国成立六十周年大庆。我们庆祝刊物创刊六十周年，是为国庆六十周年敲响开场锣鼓。《长江文艺》与中华人民共和国同龄，没有祖国，也就没有《长江文艺》，因此我们将把《长江文艺》的命运与祖国紧紧联系在一起，永远坚持文艺为人民服务，为社会主义服务，为祖国的发展繁荣效力。

我们编辑出版了这套《长江文艺六十年丛书》，丛书共五本，即《长江文艺志》《长江文艺六十年中篇小说选》《长江文艺六十年短篇小说选》《长江文艺六十年散文选》《长江文艺六十年诗歌选》。编选这套书，是一件繁重的工作，六百二十期杂志都要翻到，刊物上发表了那么多作家的作品，要对比挑选，还要顾及作品的思想内容和时代意义。虽然我们尽了最大努力，这套书终于出版了，但肯定留下了许多缺憾。受丛书篇幅限制，每位作者只能进入一种选本，而该选而未选上的作品肯定还有许多，我们只能在此对作者表示歉意了。

“长江不断流，文学旗不倒。”这是我们的口号。《长江文艺》走过了第一个六十年，还要走过第二个第三个六十年，以至永远。在党的领导下，在广大作者及读者的厚爱下，《长江文艺》将再创辉煌。

2009 年 6 月 10 日

红土，乡级行政区域的作家群

湖北省恩施市红土乡是中国基层乡镇一级行政区域，这块地方既是一部深邃隽永的民族典籍，又是一轴翰墨馨香的人文长卷。红土是廪君巴人的发祥地域，是清江流域最大的移民之乡。在遥远的古代，就有人类在这块土地上繁衍生息。土司时期，这里为容美土司辖地，也曾受到东乡土司的军事胁迫和文化浸润，接受汉文化熏陶，文风渐炽。清“改土归流”后，“大量的外来移民在此挽草为界，伐荒烧畲，坐贾经商，把农耕文化、商贸经济与传统的巴人渔猎文化交融一体，在这片文化土壤中孕育并留存了许多具有化石性质的文化事项”(谭庆虎语)。

历史上的红土一度商贾云集，有着四通八达的水陆交通。仅“南方丝绸之路”——巴盐古道经由红土境内的就有三条线路。民国三十三年(1944 年)《建筑乡公所序》碑记：“恩邑红豆溪市场，百余年人文蔚启，山水清音，虽非通都，可壮大观”，“刘家嘴钳子，李家钱串子，罗家锤把子，韩家笔杆子”。早在明清时期，红土就一度成为周边地区重要的经济文化中心。晚清至民国年间，红土有江浙帮、湖南帮、江西帮、汉阳客等行商与坐商经商贩货，成为巨商大贾。1949 年后，红土仍是周边县市地区的商贸集散中心，有“小香港”的美誉。

经济的发展能催生文化的繁荣，同时，红土还是中国土家女儿会的原生地。女儿会，源于它的纯净、平民、健康的特色和深远的影响，而成为一种重要的独具特色的民俗相亲文化，被誉为“东方情人节”。汉文化、巴文化、蜀文化、楚文化、巫文化、傩文化、土司文化以及近代的抗战红色文化等多重文化在这里碰撞、交汇、融合，形成了独具特色的红土文化，养育了红土人粗犷、勤劳、好义、宁静的复杂性格。在社会发展的进程中，由于交通跟不上当代经济的发展和地域条件限制等原因，红土是最典型的“老、少、边、穷”地区，但崇尚读书、崇尚文化、维护心灵纯净的百年文教传统却一脉相承。

一方山水养一方性情，一方性情显一方文化。在今天市场经济浪潮澎湃和休闲文化日新月异的浮躁时代，红土却有一个不容忽视的文学阵容，自觉抵御社会物欲的诱惑，穿越生存的迷茫，以超群的禀赋和才华、过人的毅力和勇气，在纯净澄澈的心域，尽情放牧文字，形成了独特的红土文学现象——中国的乡镇地域作家群落，这绝对不是偶然的。

从20世纪80年代开始，红土文学创作梯队就在不间断地发展壮大，到目前为止，已彰显出了不凡的创作实力：现有2名中国作协会员(恩施州共4名)、9名省级作协会员(恩施州共52名、其中包括1名中华诗词学会会员)以及近60名文学爱好者。

国家规范评奖后的国家级四大文学奖之一——全国民族文学创作“骏马奖”，从第一届到第九届，湖北仅6人获得这个奖项，红土就占2位；恩施州迄今有4人获得湖北文学奖，1人获得湖北屈原文艺奖，这两大湖北最高文学奖得主全是红土人；在中国作家协会重点作品扶持项目中，目前湖北仅有 14 位作家中标，鄂西地区仅 1 位，而这 1 位又是红土人。全国作家协会体制改革后，迄今为止，湖北省作协文学院已签约了 8 届作家，恩施州有 3 位作家签约，其中，红土就占 2 位。与共和国同龄的《长江文艺》每期推介 1 位优秀小说家的作品作头条，其中就有 1 位是红土人。近年来，红土作家在《中国作家》《诗刊》《民族文学》《文艺报》《长江文艺》《延河》《民族文学研究》《诗歌月刊》《文学报》《小说评论》《散文百家》等报刊发表各类文学作品 800 余篇(首)。红土作家的作品，在整个鄂西文学、湖北民族文学乃至中国地域文学中的地位，都可谓是举足轻重。红土与陕西的商洛不同，与云南的昭通不同，与广西的桂西北不同，那些是县市级行政区域，或是市州级行政区域，而红土仅仅是一个乡——一个中国基层的乡镇一级行政区域，却聚集着如此强劲的文学阵容，这不能不说是一种值得关注与思考的重要文学现象。

《荆楚文坛作家文库》是专门为湖北优秀作家作品的出版打造的一个品牌性工程。入编该“文库”的作者一般是湖北省作协文学院的签约作家。自 2009 年年底出版第一辑以来，产生了不错的影响。“文库”第二辑用来推介湖北省恩施市红土乡的作家及作品，全景式展现红土乡老中青有机结合、不同文体全面发展的文学态势，当是一件盛事。本套丛书，既可以看作是对“红土文学现象”的有力关注，也可以看作是对“红土文学现象”的权威记载。

绍兴的知名度一半来自鲁迅。著名学者李建平、黄伟林等在2004年承担了一项国家社会科学基金项目：从文学桂军来论述经济欠发达地区一个重要作家群的崛起及意义，最后的结论便是“在经济欠发达地区，文学以及文化应当而且可以超前发展，并可以通过发挥文学的力量，来改变经济欠发达地区的文化环境，推动经济社会快速发展”。相对于湖北很多乡镇的经济来说，红土的经济算落后的了，但红土落后的经济并不是制约作家取得长足发展的必然条件，19世纪俄国的批判现实主义、中国南宋时期楼兰排空的诗潮……早已证实了这一点。红土虽然有这样一大群较有实力的作家，但在中国文坛的前沿，却还没有一点风声。看来，红土文学任重道远，红土作家还得保持清醒的头脑。

恩格斯说：“这是一个历史呼唤巨人，巨人一定会出现的时代。”我相信正在赤膊锻剑的红土作家群，在时代的春风中一定会异军突起，成为一支扬名中国甚至世界的文学劲旅。

是为序。

2010年3月20日

扬正气　惩腐恶

——刘明恒《官场纪实》序

近些年来，文坛上的官场小说很是风行，一部分作家专写官场，以至他们的名字与官场联系在一起。更有些作家跟风而上，不熟悉官场也凑热闹，使得这类小说几乎泛滥成灾。说实话，这类所谓官场小说开始读几篇还有些新鲜感，待多读几篇，就倒胃口了。好像官场小说就是“新官场现形记”，把那些当官的掌权的人，往腐败处写，往丑恶处写，就能迎合读者对当官的人搞腐败痛恨的心理，书就能畅销，作者就成了反腐败的英雄。不是说官场的腐败与黑暗不能揭露不能写，而是你写得不真实不全面。不真实，读者就觉得你虚假，不能让他信服。不全面，好像官场黑暗无边，没一个好人，令人觉得官场没一点希望。虽然“洪洞县里无好人”的地方确实有，但整个官场绝不是这样。作家的责任感使命感何在？文学作品的作用是什么？这也许是个小儿科的问题，但就是这个小儿科的问题，也要向某些作家提出来：作家的责任感使命感就是要引导人们朝前看，文学作品的作用就是要给人希望与力量。

鄂南作家刘明恒，曾经写诗二十多年，近些年却写起了官场小说，这些小说曾获刊物奖，被小说选刊转载，有一篇竟被《领导科学》转载。刘明恒挑选了七部中篇小说结集出版《官场纪实》小说集，使得我有机会把他的官场小说读了一遍。

刘明恒在鄂南的一个县级机关工作了十几年，对县级与由县级上下延伸的地区级和乡镇级的官场是十分熟悉的。他对这个空间场面上的阿谀奉迎、尔虞我诈、行贿受贿、买官卖官现象见得很多，他也对这个空间场面上的正直官员、廉洁干部、热情真诚的办事员以至官员家属，见得很多。因为有长期的生活积累，对这些生活又有一个正确的认识，所以刘明恒的这些官场小说的故事读起来真实，使我们比较全面地认识了官场。

扬正气　惩腐恶

——刘明恒《官场纪实》序

刘明恒的小说背景是在远山县这个地方，这个地方的官场既不是充满了黑暗，也不是光明一片，这个远山县既不是没好人，也不是没坏人。刘明恒从生活出发，把握住现实的本质，区别了光明与黑暗、好人与坏人的界限，运用自己的作品，扬了正气，惩了腐恶，读者看到了希望：正与邪的斗争，正必胜邪。这正是刘明恒的官场小说与另外一部分作家的官场小说不同的地方，这个不同是十分难得的。

扬正气，就是要在一种浑浊不清、善恶同在的环境下，树立一批不入俗流，关心人民群众疾苦，真正为老百姓办事的共产党员领导的形象。分管组织、人事的县委副书记任发奎，调任县人大主任，在“党委挥手，政府动手，人大举手，政协拍手”的旧观念里，他名义上提升到正县级，实际上是被踢到了权力的边缘。往日的笑脸逢迎、点头哈腰立即变成了冷淡讥讽、公事公办，实际上什么事也不给你办。在经过了消沉痛苦之后，任发奎觉得自己这个党培养的干部还是要为老百姓办事。他振作精神，下到基层调查，充分发挥人民代表大会的权力，顶着县委书记的压力与县长的不配合，搞起“一府两院”

的负责人述职，然后进行评议。政府与检察院、法院的领导向人大常委会述职，让人大代表给这些人在测评表上打勾，县长被评了个“基本称职”。

这一招影响很大，对“一府两院”的领导来说是一个促进与监督，这无疑触动了那些为官不正的人的痛处。任发奎大刀阔斧地开展工作，远山县人大从来没这么红火过。好吧，你任发奎不听话，县委书记在人大例会上，提议调整领导班子，免去任发奎的县人大主任职务，选举新的县人大主任，候选人员是邻县调过来的县委副书记，上级组织部门也认可。出乎意料的是参加选举的代表有二百五十七人，收回选票二百五十七张，正式候选人得票四十七张，被提议免职的任发奎得票一百八十九张，任发奎继续担任县人大主任，会场上掌声雷动，县委书记坐立不安。这是民心的鼓掌，这是正气的掌声(《县人大主任》)。

刘明恒在《人事变动》中写的县长赵山泉，不拉关系，为了群众的利益、为了全县的经济发展竭尽全力，却不按官场的潜在规矩办事。于是地委调整干部的方案下来了，调他去不景气的地区的外经贸委当主任，实际上这是某些人要拔掉他这个不听话的钉子。在官场失意难以施展抱负，妻子患癌症离他而去之际，赵山泉经受了内心的痛苦煎熬，这时却出现了转机。赵山泉大学的女同学的丈夫，是省委分管组织的副书记。这个女同学与赵山泉偶然遇上，了解了赵山泉的情况后，回去对丈夫说了。最后地委调整班子的方案下来了，那个苦心钻营准备当县委书记的人走了，赵山泉担任了县委书记与县长，他可以施展他的宏图抱负了。

在《打工干部》中，刘明恒写了一个乡镇党委书记朱天福的故事，他是一个不合时宜的人，但却是一个愿干事有正气的干部。他在县委书记开展的一个派上百名干部南下打工的活动中，寻找到了自己的位置，回到家乡开展农民脱贫致富的项目。刘明恒写的这几个人物，应该说都是官场中的好干部，是他张扬的官场正气的代表。

扬正气，写官场，刘明恒的小说中却写到了两个与官职不沾边的人物，一个是门卫，一个是副县长的夫人。

《门卫牛一氓》中的门卫，当过兵，打过仗，立过功，后来回家乡务农，被评为模范退伍军人。由于他生性耿直好打抱不平，因此得罪了村领导，后来在战友的帮助下到县委县政府当了门卫。他收入不高，工作却十分认真，重事脏事抢着干。由于他坚持原则，遇事不拐弯，又得罪了他的领导，被辞退。作者在这部小说中，写的是一个普通门卫的正直，却衬托出了出入政府大楼的县长局长主任们的日常生活与政务活动以及他们品质的高低。在门卫牛一氓面前，在做人做事方面，他们应该向牛一氓学习。

在另一部中篇小说《吴县长和他的夫人》中，作者写了关云霞这个副县长的夫人的故事。她具有拒腐蚀永不沾的正气，给他们家送礼，她不开门。熟人进屋，若是送钱，她赶你走，你提东西来，她将东西放在门外，哪怕是同学亲戚也不例外。而她的父亲患胃癌却无钱医治，家里生活也不宽裕。正是因为她的廉洁，在领导干部夫人中，她受到了攻击和讥讽，别人说她不懂人情世故。当然，也正是由于她的把关，远山县腐败窝案查清后，在全县常委、副县长中，唯独关云霞的丈夫吴正宇没问题。这个关云霞，被人称为铁关嫂，是一个楷模，是所有领导干部的夫人学习的榜样。吴正宇副县长之所以没有被行贿者拉下水，是因为有这个贤内助防微杜渐。《吴县长和他的夫人》这部小说，在《长江文艺》杂志发表后，被《领导科学》杂志转载，其意义和作用是十分明显的。

刘明恒的官场小说，扬正气，惩腐恶。在他的每部作品中，写的正面人物的对面，总有一个甚至一群投机钻营、行贿受贿、为了当官朝上爬不惜采取一切手段的官场腐败人物。作者没有正面去写这些人，只是通过写正面人物遇到困难处境，来表现由于这些腐败人物的存在，造成了正气难以上扬。官场上的腐败，看上去是一个顽疾，但在正气面前，在中国共产党领导下的政权中，是终究会被惩治的，这顽疾迟早会被除去的。正义战胜邪恶，刘明恒在其官场小说中揭示了这个道理。而在作者营造的整个环境氛围中，人民是有力量的，法律是公正的，水落石出，善与恶，正与邪，都将找到归属。

正如刘明恒的另一部中篇小说《正本清源》的题目所示，一切都将正本清源。《正本清源》里写了一个曾经远近闻名的柑橘专业户，被村支书的堂弟和县法院执警队长陷害诈骗，告了十三年状，到县首脑机关上访两百多次，还到市里省里甚至中央上访。一个明明白白的诈骗或可说是公然抢劫的案子，仅因为县法院执警队长说自己是县委书记的爱人的表弟，而得不到处理，弄得上访人家破人亡，百病缠身，被人认为是疯子乞丐。

终于，在媒体的干预下，主人翁又在省信访局遇到省纪委书记接待来访，冤案终得以平反，作恶者被绳之以法，而那个被犯罪者称为表姐夫的县委书记，根本不知道自己有这个表内弟。县委书记在这件案子的材料上批示过好几次，但他一次也没有仔细阅读材料。假如他阅读了材料，这冤案早就解决了，由于他的官僚主义致使一个柑橘专业户破产，家破人亡，走上十三年的漫漫上访路。作者的批判锋芒直指党内的官僚主义者，这种批判十分有力，而为官者的怕麻烦给人民群众造成的痛苦，令人震惊与愤怒，这样的官员，人民群众要他何用？

《官场纪实》中的七部中篇小说，部部都有沉甸甸的分量，部部都在张扬正气、批判腐恶，这是此书最明显的特色。官场小说近几年来多到泛滥，由于泥沙俱下，读者对这类题材已有逆反心理了。读者需要的是那种扬正气惩腐恶的官场小说，而不是那种胡编乱造的，专门用假故事假情节展示腐败丑恶的伪官场小说。

刘明恒的小说语言明朗晓畅，故事叙述有章有法，紧凑完整，很注意有特色的细节的使用，人物刻画寻求个性。这些艺术手法的使用，使得他的小说具有可读性，读者读来容易被打动，而不感干巴枯燥。

官场较量，夕阳之后是早晨

时下写官场的小说很热门，有些作家写官场小说写出了名气，如王跃文。官场是一个现实存在的空间，官场小说能引起读者的兴趣，源于人民对官场的关注。官员们廉洁勤政有改革开拓精神，是一个地方发展繁荣的根本；而官员们的腐败无能搞帮派，则是这个地方的灾难。人民欢迎好官痛恨贪官，所以对官场小说揭露官场的腐败黑幕，歌颂为人民办事的好官，表现出了前所未有的热情。作家们写官场，站在人民的立场，批判官场的潜规则，揭露贪官的丑恶，张扬为人民办事的好干部的正气，正是一种责任感使命感的表现。

长篇小说《欲中欲》是一部官场小说，写的是临原市委书记陆良荣调到省里当副省长，省委副秘书长郭四民到临原市任市委书记后发生的故事。郭四民的到来，让觊觎市委书记职位已久的市长王新庭大为恼火。王新庭与副市长白重奇因捞钱结成一帮，白重奇与临原市的黑社会头子何严勾结在一起，他们承包临原市的许多重大项目的建设，获利无数，这个团伙实际上的幕后老大是王新庭。白重奇亲自操纵，通过给郭四民制造桃色新闻、绑架郭四民的女儿郭娅、制造车祸撞死郭四民等手段欲置郭四民于死地。当这几步棋都没能够搞垮郭四民之后，他们使出了最后一招，离间郭四民与原临原市委书记、现任副省长陆良荣的关系，终使郭四民调离临原市到省档案局任党组书记兼局长。而王新庭得到了临原市委书记的位子。

郭四民是一个农家子弟，从小在乡下受人欺侮，但他凭着一股奋斗精神，在恢复高考后进入大学。他热爱学习，为人正派，廉政爱民，工作勤勉，是一个党的好干部。到临原工作后，他一步步地施展自己的抱负，却在到任十个月还差一天时，被赶出了临原。在《欲中欲》中，郭四民是官场正面人物的代表。作者对郭四民这个人物的塑造，是竭尽全力的，使得他的形象饱满丰富，是一个可亲可敬的人。

《欲中欲》中的陆良荣、王新庭、李中毅、白重奇、何严等人物，作者通过一系列事件，把他们的贪馋嘴脸、阴暗心理，以及道貌岸然、欲火横流、凶残狠毒的性格刻画得入木三分，他们的所作所为，令人发指。这些人是官场败类，是社会渣滓，是终将会被人民抛弃的人。

《欲中欲》的作者曾陵，长期从事预防犯罪研究，是这方面的专家，他对罪与非罪的界定是有其理论根据的。《欲中欲》是一部官场小说，曾陵将黑社会犯罪团伙写进了小说，黑社会与官场的腐败分子结成一伙，他们互相利用，是实际的官匪一家。为达目的，他们施展出所有手段，无所不用其极。作者对黑社会势力的生存、火并、制造车祸、事情败露后舍车保帅对作案者的处置，写得十分生动。关于犯罪情节的描写，无疑给官场小说的写作注入了新鲜内容，加深了官场小说的内涵与特色。有关黑社会势力的描写，无疑是这部小说最吸引读者的地方。

《欲中欲》的最后一章“血色夕阳”，是作者的寓意所在。整部小说写的是郭四民被官场的邪恶势力挤走，好像正不压邪。但作者说这是他的三部曲中的第一部，第二部将写正与邪的正式较量，第三部将写邪恶势力的全面灭亡。作者在结尾处写郭四民在接到肖天的电话时说："请你放心，我的人生绝不是'豆腐渣工程'！不是什么人能够轻易推倒的，我会以坚强的面目立世。"李商隐有诗句："夕阳无限好，只是近黄昏。"王新庭等人正弹冠相庆，满以为从此大功告成，他们可以为所欲为了，但中国共产党领导的人民政权是决不能容忍这伙败类的，党领导的反腐打黑风暴将会把他们彻底摧毁。王新庭等人的夕阳之后，将是黑夜的来临。而以郭四民为代表的真正的共产党的良吏好官，将迎来一个新的早晨。

是为序。

2010 年 7 月 12 日于武昌

《涌向自己的海》序

因为湖北画报社社长晏良忠和湖北省文联文学艺术院院长刘书平的推荐，我读了林莉《涌向自己的海》一书的校样。这是一本在体例、内容、思想观念及文字书写方面都有个性的书，我在这里只择取一二评说之，以作为序。

无疑，林莉是一个情感丰富的女子，她书写的亲情与友情，正如此书第一辑的标题，令人有种“深入骨髓的感动”。她写了自己的妈妈、爸爸、祖父、外公和一个军人亲戚，没有一般人写的柔情，而是一种大的爱情。十八岁的妈妈拥有秀丽到极致的美，一辈子追求进步，入团入党，丈夫常年在外地工作，家庭和事业的担子，全压在她的身上，她没有怨言地辛劳着。她将逝去的姐姐姐夫留下的五个孩子全迁到自己的眼皮底下，坚定地挥舞起了指挥大棒，指挥着他们求学、奋斗，最终使他们成人。林莉笔下的妈妈是一位坚强伟大但又普通的女性，即使在晚年患病时也能坚强地活着。如同写妈妈一样，林莉笔下的爸爸、祖父、外公和那个军人亲戚，都是生活在芸芸众生中的强者。在“文革”中，祖父被造反派批斗，因为身躯的高度和气势，造反派们要踮脚才能按下他的头，也因为他壮士般的力量而退避，只能用木板敲击他失去自由的躯体，而他的威严却时时震慑着那帮猥琐之人。林莉在第一辑中回忆了她的五位亲人，这五个人都是有棱有角的，而林莉对他们的感情真可谓深入骨髓了。在这本书中，还有大量的篇章是写给朋友们的，有倾诉，有友情的回忆，有日常的聊天，但都动人。“岁月在苍老了，我不知你何日再归，你每次来去匆匆，你总说想见我一面，我却失约了一次，而你却打电话来向我道歉，我该如何呢?”“你是一个涌动的女人，永远合着风！这一刻，我昂扬在清晨，全心书写你我的芬芳之旅，书写你永不凋敝的真情和风度……”(《内心平和是王

道》)

从林莉的一些自述性的文字里可以看出，她是一个热爱生活、喜欢读书写作的人，闲暇时她逛书店淘书而且特别喜欢历史，尤其是“二战”的历史。这种喜好真是难能可贵，特别是作为一位女性，不去美容不去逛超市不去挑服装，而是沉迷于读书写作，真不容易。我特别喜欢“穿梭于灵魂的英雄”一辑中写佐尔格与杨靖宇的两篇。很显然这是林莉阅读有关历史传记后而写的，这两位都是“二战”期间反法西斯的英雄。佐尔格是苏联谍报人员，他于一九四零年十一月十八日，从东京向莫斯科发出警报：“德国已开始准备对苏联作战。”佐尔格最后被捕，走向绞刑架时高呼：“苏联、红军、世界共产党万岁！”杨靖宇是我国人民熟悉的抗日将领，他领导的抗联勇士在异常恶劣的自然环境中和日伪军的反复进攻围剿下坚持战斗。被捕后，日本人把将军的腹部切开，他们要看看这位中国军人是如何在零下四十二度的原始森林里一个人饥寒交迫鏖战五天五夜，让六百多个日伪军只剩下六十几个残兵败将。但将军的胃里只有树皮、棉絮和草根。

林莉的文章，不论是记人叙事或抒情，都在表述某种意义与哲理，没有小情趣，没有小女人味，而有一种男子汉的气概。即使是一片落叶，她也能写出："阅读脚下每一枚叶片，想必现在是他们一生中最没落的时期，没有两枚是相同的，但他们共同张扬过属于它们的花期。现在是它们沉睡的日子，忍耐的日子，牺牲的日子，它们在为来年的蓬勃而蓄势待发。"(《落叶》)

关于林莉的语言得说两句，她的语言有诗意，不是明白如话、流利得一泻无余，她的语言甚至有点滞涩，让你读得有些用力，但是那种韵味就在这滞涩与用力中体现了出来。这也许是林莉的一种刻意为之抑或习惯。但文字写得更流畅更轻松也是一种境界，也许更高。

2011 年 11 月 4 日

《没有回音的山谷》序

武钢是出过一批优秀诗人的大型国企，论资历，彭卫华可算是武钢的第三代诗人。武钢的前两代诗人写得多些的是钢铁的铿锵、劳动的壮美，抒发的是豪情壮志。彭卫华的诗写得多些的是个人的情感、生活的感受与启悟。他们的不同，是时代生活变化使然，没有高下之分。

《没有回音的山谷》这本诗集，如果除去写旅途见闻等少数几首，就是一本比较纯粹的爱情诗选了。一个在大型钢铁企业中工作的中层干部，写出这么多柔情缠绵和惆怅婉转的爱情诗，也确属难能可贵。诗本是诗人有感而发的产物，心中有块垒，抒发而成诗，不做作与压抑，写作的过程就是一种快感。而写出的诗又能给读者一种阅读享受，就是真诗人。

对于意义的表述，现代诗是通过一些意象的组合来体现的，虽说有时过于生涩的意象给读者造成阅读障碍，但那是一种写作的境界。彭卫华写诗没有玩现代主义，也没有使用当下的口语诗那种故意的直白，他使用的是一种直抒胸臆的写作方法，把情感凝进去，这是他的诗歌特点之一。

“我心的红帆船/正充满感情地驶向你的大海/姑娘莫怪船载过重/莫怪船走太快/因为它装着我全部的爱”，“心爱的姑娘啊/我多想那感情的狂涛/将我的船底掀翻/让我永远沉入你的胸怀”(《红帆船》)。心是红帆船，装满爱，要沉入所爱姑娘的胸怀。“你看看我/我看看你/眼睛对着眼睛说话/心和心零距离”，“还奢求什么呢/金山银山不值一提/深情的凝眉/两颗心永远贴在一起”(《零距离》)。本诗将两人相爱，在见面时的那种亲密贴近，表现得十分传神。《追寻》是写给少男少女的一首两百多行的长诗，阶梯式的分行，短促干净的诗句，更是直抒胸臆、畅快淋漓、朗朗上口，适合朗诵，突出地体现了彭卫华的诗歌特色。在《握不住的花香》中，作者对爱之后的分离与惆怅，也写得十分动人。“我们爱过了也痛过了，/世事变迁，物是人非，/如今的你我早已各奔东西。/你说有种感情叫无缘，/我说有种挚爱叫放弃。”“不敢问泪之淡咸，/不敢问岁月久远，/只将那段情永远珍藏在心底。”

诗有抒情与叙事之分，在抒情诗中掺入叙事的成分，能使诗更加感人与有力，这在许多中外名诗中可找到例证。我自己写诗多年，在我的许多诗中，加进叙事成分，效果不错。我认为这是抒情诗创作的一种重要手段。在彭卫华的爱情诗中，可以见到不少的情节与细节，他把叙事与抒情进行了恰当的结合，产生了很好的效果，这是他的诗歌特点之二。

十八岁的姑娘从小镇出发去参军了，她梳着乌黑的发辫，着一身戎装，欢送的锣鼓声把静寂的小镇震得热闹。昨晚月光朦胧之下，“我”与你在垂柳下告别，情意绵绵，有说不完的知心话，在那种年代，“没有拥抱/没有接吻/甚至保守到/连手都不敢碰一下”。离别后，“我”到广阔天地当知青，你到部队里先来了几封信后，就再也没有信息了。“我”不知你去了哪里，那也许是军机不可泄露。“我”只有思念回忆着你。最后等来了你的噩耗，在战争中你长眠于南国冰凉的土地里。“我”千百次唱起《血染的风采》，来告慰你的亡灵，在心灵的一隅，为你披上黑纱，几十年后，“我”还在铭记着你思念着你。这是《心动的季节》一诗所写的内容，既是叙事又是抒情。《相亲》是一首二十四行的短诗，写的是“我”从学校毕业后分配进工厂，接“我”的女师傅一见面就说：“你要好好工作，不要着急婚姻事，我把女儿介绍给你。”“我”有点可喜又有点可恨，天底下竟有这样的母亲，强拉郎配与女成婚。一个温馨的周末，女师傅为改善“我”的单身生活，做了好吃的叫“我”去，并说把“我”与她女儿的终身大事定下来。我抱定决心不能任人宰割，哪想见到姑娘后方知自己憨，“天上掉下个林妹妹/错过姻缘那才是大笨蛋”。一幕小喜剧，把女师傅的性格刻画得十分鲜明。一首短短的诗，写了一个小故事，刻画了一个人的性格，显得十分鲜活有趣。

古往今来的爱情诗很多，专写爱情诗的诗人却很少。爱情诗既然是诗，是一种表达爱情的独特形式，就应该是一种超出具体对象的大情爱，是一种美好情感的张扬。

有人对诗人的爱情诗搞求证：这诗是写给谁的，谁是诗人的第几个情人等，这是没多少意义的。爱情诗中肯定有一些诗是写给具体人的，但是更多的是诗人心中的一种爱的倾诉，它聚合了诗人心中的追求与寄托，不是对某个人的具体的情爱。我把这种爱情称作大爱。彭卫华的爱情诗，其中可能有少数几首是写给具体对象的，但更多的是写一种大爱，是超越具体对象的。写给具体某个人的爱情诗，有好诗，但即使这样的诗，也是融入了诗人的理想与想象的，不是完全地写对象本身。我更赞同爱情诗要写给全人类，写给所有的寄托作者的理想与美感的爱人。彭卫华写出这么多对象不同的爱情诗，但情感还是他的一贯情感，这大约是彭卫华诗歌的第三个特点。

我做了多年编辑，也快退休了。当编辑时间长，很多作者成了我的朋友，彭卫华是其中之一。朋友出一本诗集，嘱我写序，也就慨然应诺，写出以上见解，不知彭卫华以为如何？

2010 年 10 月

向往诗情的风景

——诗集《绿叶萧萧剑雨潇》序

很多人在追求诗意的生活，可在这个崇尚高科技的时代，人们被困在了程序的列车上，把思想掩藏，让物欲飞奔，因而有许多人感慨，为什么诗意难觅？为什么难写出好的文章？

我们还是要拿出这一句经典的名言来：“生活中不是缺少美，而是缺少发现美的眼睛。”

读了周志新的诗，我分明感受到了那扑面而来的真情与哲思的潮涌。他给心情放假，把目光停留在了一片树叶、一滴雨珠上，让心灵如蝶一般，轻盈地飞在花蕊绿叶之中，用纯澈的阳光和绚丽的色彩，酝酿了一杯又一杯滋润心灵的醇酒，他珍爱那清清的雨、飘飞的风。

他对风儿说："风儿啊/你轻轻地吹/我让白絮跟着你/遇到困难别叹息/跳一曲春天的芭蕾/向着炫彩的方向/换一种姿势/再向前。"他憧憬着："喜鹊儿喳喳，莫非来了远方的阿娇。"他陶醉在"人面桃花映朝阳，醉了风景醉了画"的徜徉中。他凝视着："谁的花衣裳/那么灿烂/明媚的春光/全写在了脸上/寻找了那么长时间/幻想出现了神奇的色彩/美丽的容颜/多少尘封的往事/懂得昨天的春/承载着今日的愁。"他呵护着美丽："那一眸/惊艳的美/是灵动山河的陶醉/不论你　你是谁/美在山水间/不经意地打碎/五彩的缤纷/是静静的秋水/荡漾着羞涩的青葱/是破晓的芙蓉/嫉妒了两岸的轻舟/美在人心里。"周志新带领着我们在平平常常的生活中，感受到了美，感受到了久违的诗意。

诗情不是写出来的，诗应该是情思的泉涌。也许在每个人的心里，都有那么一块柔美的天地，那里播种着至死不渝爱恋的种子，那里飘动着唐宫霓裳的华丽。周志新的许多诗都有着独特的文风，我不知道当时的写作背景，但依然能读懂一些，文字是那样的缠绵婉转，令人心醉。他又在寻找、等待着什么呢？《你啊　你啊》：

“唯美的景致/穿越了天长地久的力量/那些斑斓的色彩/是缱绻的爱恋/曼妙的风纱/那翩跹如幻/重逢的娇媚/低吟/风花雪月的柔美/你啊　你啊。”《一生在为你等待》：“找不到释手的爱/一遍遍寻找着你的消息/煎熬的心承载不了　太多太久/泪水流尽的时分/怎么能够把心交付给你/一生在为你等待/愿为你活好每一天/不论你在哪里/一定要等你　做你的唯一/不再说海枯石烂/来生也要守候　等你回来。”

一些人在用心良苦地写诗，可又有那么一些人却用生命在写诗，用生命诠释和践行着诗意的唯美和崇高。屈原把生命写进了《离骚》，然后化为汨罗江上的一轮明月。海子追寻着诗意，用韶华青春去诠释那铁轨伸向了远方，再也没有回来。周志新从军从警的履历、不凡的视野、特殊的心路历程，该有怎样的悲怆、痛苦、迷惘、惆怅，我们难以设身处地去承担和分忧，但我们感受到了作者的宽大胸襟和坚强。他心忧江河的沉重，与江河一起呼吸，学会了哭泣。他为《摩奴法典》的女儿祈祷，需要的不仅仅是甜点和黄油、腰果和莱杜，更需要自尊和自由。他心忧北国的嫂子，责问“漫漫的黄沙，为何逼进了故宫的门槛”。他深情地为进城务工人员呐喊:“骨子里镶刻着劳者的基因/传承着祖先的衣钵/却要被时刻拷问几多的尊卑/不再被称为巴人　而叫进城务工人员。”

我能想象到作者有着悲伤的泪水和不眠的夜晚，他俯视着现实，他还有着趁时间老人不注意而先跑到时间那一端的思考，他把爱国爱民的忧思与追求真善美的理想都纳入了诗中。

据说，泰戈尔的诗集《吉檀迦利》在获得诺贝尔文学奖之前，瑞典科学院是有争议的。一位瑞典诗人说，泰戈尔的作品没有争执、尖锐的东西，没有伪善、高傲或低卑，如果任何诗人能够拥有这些品质，那么他有权得到诺贝尔奖。我无意说些什么，但我从不觉得那种横眉冷对，那些辛辣的讽刺，那些投枪与匕首，那些个呐喊就有什么不好。周志新也在学习着但丁、彭斯、屈原、鲁迅等大家的风范，在为民鼓与呼，在聚集着从善从美的力量。在诗集《绿叶萧萧剑雨潇》的字里行间，心灵的清澈、风格的优美和自然的激情，都是那么的水乳交融，揭示出一种完整的、深刻的、罕见的精神美。

向往诗情的风景

——诗集《绿叶萧萧剑雨潇》序

人们向往生活的恬静自若，人们痴迷于淡然高雅的生活气质，周志新也有着常人的向往和追求，他有过这样的表述：“春暖花开　不要诗意/只想　放下曾经/去听芭蕾的脚步/点点向上　伸展/美丽的轻盈/无关风月/就这样　恬静淡然。”《生命中的江河》中有这样的文字：“伫立河边/看着河水自由地奔流/时而急　时而缓/心底的河流/该有怎样的共鸣/没有仇恨/没有暴戾/只有月白风清的淡定/人淡如菊的从容。”

进得去，还要出得来，我们陶醉在风景里，我们沉浸在作品的喜怒哀乐之中，可我们依然要面对作品外面的世界，诗人更应该如此。要追寻，还要等待；要缠绵迷醉，还要留一半清醒。我们为屈原哭号，我们为海子哀叹。难能可贵的是周志新拥有了诗人的另一份思考：“就把早晨折叠/一份留作写生的画板/一份留作正午的朝阳/只是忆起遥远的山岗/如何驮回明亮的月亮/把青草撒上白霜。”

读着周志新诗集里时而喃喃细语、时而高亢宣泄的诗句，可以感觉到他的语言节奏鲜明、朴实平易，有着一定古典诗词的功底。作为一位人民警察，在保卫人民安全的同时，献出一首首美的诗歌，是可喜可贵的。愿周志新志常在，诗常新。

2011年12月11日

真切而鲜明的表达

——《凝望岁月》序

遍观当下诗坛，为民生主正义斥腐朽揭黑暗的诗是越来越少了，而那些书写个人生命感受、伪先锋假现代、离老百姓越来越远的口水诗倒是大行其道。这样的生态环境，使得一些有良心关注现实的诗人干脆不写诗了，与当下诗坛保持距离，我就是这样的诗人。

那年参加第八次全国作代会，碰到鲁迅文学院公安作家班的学员刘国震，他见了我就背出一段我过去写的诗，令我记忆深刻。前不久，我的师弟——湖北宜昌市作协主席、《三峡晚报》社长张泽勇打电话告诉我，刘国震新出诗集，希望我写一篇短序。当我读完《凝望岁月》的全部诗稿后，很愿意为这本书写点感受，权当是序。

刘国震的诗是贴近生活的现实主义写作，与现代先锋相去甚远。他直抒胸臆，歌颂他认为该歌颂的，鞭挞他眼中的丑恶，态度十分鲜明。他的立场是站在党和人民一边的，没一点含糊。他写邓小平是一个诗人："黑猫白猫/是两个最鲜活生动的意象/让老百姓拿起筷子吃肉的同时/读懂了政治经济学"；他写人民的公安局局长任长霞殉职后，群众为她送行："四月干旱缺水的登封/被泪水濡湿/哀乐声声/催开大街小巷的白花/万人空巷的古城啊/十里长街载不动那么多哀痛"；他写抗震救灾女民警蒋小娟为灾区孤儿喂奶："一个年轻的妈妈正在喂奶，/丰满的胸乳洁白无瑕。/怀中的乳儿在贪婪地吮吸，/小脸灿烂成一朵鲜花"。爱分明，憎也分明，在《乱世狂人》组诗中，他用匕首般的诗句揭开了林彪、康生、张春桥的画皮，露出他们反党反人民的本性。刘国震对现实生活中的一些丑恶现象也表现出了一个诗人的愤怒。贵州省毕节某土管所所长酒后强奸陪侍女教师，身为公安一员的刘国震以激愤的心情写了七十余行的诗《真想把他们装进套子》，痛斥了小丑的卑劣行径，伸张正义，呼吁良知。在诗的最后他写道："我用上述分行的文字/记录下一桩荒唐的案件/‘你说是诗就是诗，你说不是诗就不是诗，反正，我也不想写诗了。’/——说这话的不是我，/是一位湖北诗人/名叫刘益善”（很荣幸我二十多年前说的话被他引用进诗里）。在汶川地震一周年之际，“×跑跑”的眼镜竟被某地震博物馆拿出来展览，真是无聊至极！刘国震写诗批之，我也觉得批得好。诗坛需要现代派先锋主义诗歌，也需要刘国震写的这些爱憎分明的诗，这样的诗老百姓喜欢。

收在《凝望岁月》集子中的诗，有长诗也有很精短的诗，还有一些四言八句的古体诗。我很喜欢这些精短的诗，简单两行诗，却能说明一个并不简单的道理，如“有时握住一缕春风/有时握住一支冷箭”（《握手》），“并非全是/激情的碰撞”（《鼓掌》），“嗜血者/常哼着柔情的小调”（《蚊子》），“情况不妙时/先藏起脑袋”（《乌龟》），“吹得/刺不得”（《气球》）。这些短诗的写作，可表现出作者概括事物内在含义、准确表达意义的能力，更能表现出作者提炼语言、锻造诗句的才能。有人写了一辈子诗，人们却一句都记不得；有人写的诗并不多，人们却能记住他的许多精彩句子。刘国震这本诗集中有不少精彩的诗句，不论长诗短诗都有。他写遵义会议的诗中有“毛泽东艰难地推开平庸的棋手/潇洒地挪动几颗棋子/便满盘皆活”，他写西柏坡的诗中有“爬过去黑夜就甩在身后/爬过去曙光就在眼前”。这些句子能流传多久多远不好说，但这些句子精彩隽永却是实在的。

我是在北京时匆匆见了刘国震一面，对他并不熟悉，读他的诗以及他的评论集《感悟浩然》，才觉得他是一条汉子。在一些人嘲笑攻击浩然时，他挺身而出写许多文章捍卫，我以为是难得的。刘国震，我们都是从乡村走出来的，心灵有相通之处，愿你诗心常在！

言志易懂无定法

——读许水旺诗集《水天一色》

《水天一色》有四辑，第一辑“百花篇”写了一百种花，第二辑“百事篇”写了一百种事物，第三辑“百人篇”写给一百个人，第四辑“百联篇”是一百副对联。这四个一百篇所写对象不同，但都是言志，有的是直抒胸臆，有的是以事寄情，全是积极向上的记友谊亲情、载反思体悟的意绪，无疑对读者有启发作用和审美意义。

郭沫若曾为一百种花写诗，共写了一百零一首，第一百零一首是写所有的花。许水旺也写了一百种花，与郭老所写之花各有特色。他写《杜鹃》：“叶影稀疏枝影直，含情数月研花饰。只因有鸟曾血啼，尽染杜鹃色变赤。”虽只四句，却有明确的象征意义。另一首《苦菜花》：

“苦菜花开几点黄，斯民曾以度饥肠。至今回首当年事，苦尽甜来思我娘。”写花本身只一句，而后三句都是回忆当年娘用苦菜养儿的恩情。还有《地菜花》中的“三月煮鸡蛋，一年疾首医”，是写民间传说三月三地菜花煮鸡蛋可防百病，发掘出诗的意义。许水旺的百花诗，将雪花、浪花、火花、烟花也写了，有植物花也有非植物花，可说是他的一个创造。在“百事篇”中，有一首《自重》：“滑落尘埃易，坚持操守难，精心励志去，自重做人还。”自我勉励，要自重做人。在《听一则新闻》中，杨丹因病辍学，父残母瞎奶病，作者想援助，可自己又没能力，“若能他日得丰盈，济困扶贫多助弱”。在“百人篇”和“百联篇”中，作者赠给亲人与友人的诗，都含有美好的期望、善良的祝愿。我很喜欢他的一副短联：“妻贤夫祸少　子顺母心安”，言简意赅，强调一个人人明了的道理。许水旺的诗，少有风花雪月，多是言志向前，有思想意义。

诗歌应该走向民间大众，不能躲在象牙塔里供少数人把玩，那是诗歌的歧路。诗歌要走向大众，首先要让人懂，你写的那些佶屈聱牙的句子，别人像猜谜语一样，云里雾里，干脆就不读了。许水旺的诗，明白晓畅，通俗易懂，没有奥典僻语，人人都能一目了然。他有一首《羁所寄儿》，六言人辰辙，一百一十余行，写他接受调查受羁押时对儿子说的话，殷切而情深。全诗语言明畅："一日三餐九两，晚上电灯通明，有时打打扑克，乘兴写点诗文。"这是叙说自己的生活。"家里有你妈妈，我也很少操心，儿子锐意求知，我也基本放心。"这是对家里与儿子的念叨。"我当十年行长，做了许多事情，是非功过曲直，历史自有公论。"这是对自己所做事情的一种坦然自信态度。"自有青天在外，是非必会澄清。"相信法律和党的政策。这些诗句明白如话，是真正写给老百姓读的，无一点语言障碍。

中国诗歌自《诗经》始，是没有什么定法的。"关关雎鸠，在河之洲，窈窕淑女，君子好逑。""采采芣苢，薄言采之。采采芣苢，薄言有之。"这些都是当时老百姓的语言，有诗意有内容，写出其节奏与韵味来，就可以是诗。中国诗歌到格律时代，就有些束缚人了，虽说唐诗宋词有辉煌的成就，但诗词要讲究韵律、平仄、对仗等规矩，一般人写不了。"五四"之后，诗又回到白话自由体。"两个黄蝴蝶，双双飞上天。不知为什么，一只忽飞还。剩下那一个，孤单怪可怜；也无心上天，天上太孤单。”这是胡适《尝试集》中有名的《蝴蝶》。白话诗革命，打破格律，诗无定法。许水旺的诗，语言整齐，讲究韵律，有节奏感，追求诗意，但在平仄上却没有严格讲究，既像新诗又像旧诗，其实是没有格律的。无定法，自由表达，让人看懂，效果达到就行。

写诗言志，印刷成册，赠朋送友，事业之余，写些长诗短语，也能其乐无穷。

2012年7月8日

大气与质朴是一种追求

两千二百零八年（公元前 196 年）前，我氏高祖刘邦东讨淮南王黥布的叛乱，回归途中经过沛县，邀集家乡的朋友和父老乡亲以酒叙旧，畅饮高歌。高祖当时激昂奔放，豪气冲天，即兴咏吟，击筑而唱《大风歌》："大风起兮云飞扬，威加海内兮归故乡，安得猛士兮守四方。"唱罢慷慨起舞，伤怀泣下。《大风歌》是一首震铄古今、风格豪放雄壮又充满着质朴之情的经典名作。我高祖得天下后，建国汉，乃有汉族汉字之称，而一首《大风歌》，唱出刘氏大汉雄风，千年不绝。

两千二百零八年（公元 2012 年）后，湖北刘氏成员联谊总会成立汉风书画院，继承民族传统文化，弘扬社会文明，构建和谐社会，丰富企业文化。这次汉风书画院辑三十七位书画家的作品，出版书画作品集《汉风》，这是湖北刘氏成员的文化艺术盛事，也当击筑而歌，歌这承汉风展英才的当代奇葩。

绘画与书法，在中国传承久远，风格与流派是百家争鸣、百花齐放。这本书画集既名为《汉风》，就使我想到汉高祖的《大风歌》了。《大风歌》寥寥数字，千年流传，抒发情怀之大气，语言表述之质朴，实乃罕见，是真正的“汉风”。我们的书画家，你画什么画，你写什么字，都要表现一种气，这种气是你作品的生命与灵魂，这种气就是大气。豪放雄壮的作品，可表现大气，小桥流水、古藤老树的深静婉约之作，也能表现一种灵正之气，灵正向上之气也是一种大气。《大风歌》除大气之外，还有一种质朴，这质朴是能亲近观赏者或读者的一种基本风格。你如果在那里太现代太抽象太变形太探索，可能就没有多少人来观赏来阅读，就没有质朴。同样，矫揉造作的东西也离质朴很远很远。

由《大风歌》到《汉风》，我在这里提倡大气与质朴。

由书及画，及一切文学艺术作品，我们都应该追求大气与质朴。

以上管见，见笑各位方家。

2012年11月6日

《安澜梦》序

成语中有“数典忘祖”一词，但中国人历来是尊祖崇宗的模范。数典忘祖的人有，只是很少的一部分人。在民间，宗室族亲，一代一代传下去，姓氏都有家谱记载，中国的谱牒学，当是世界历史文化中的一朵奇葩。

杨尚聘的长篇小说《安澜梦》，是一部张扬祖宗里几个优秀人物事迹的书；他借助家谱，选取几个典型历史时期的几个典型杨姓人物，演绎出生动曲折的故事及人物命运的发展变化，是一部谱牒与文学相结合的可读之书。或许专门有人来研究中国的谱牒所载历史人物，将其演绎成小说，那定能扩展中国文学的疆域，增添无数素材，必是别具一格的创作。杨尚聘所做的正是这件事的开始吗？

湖北有枝江市，枝江有百里洲，是其境内长江上的一个大洲，总面积二百一十二平方千米，号称万里长江第一洲。百里洲土地肥沃富庶，现有近十万人。偌大一个洲子，四面江水，全靠百里长堤围住，挡住江水。百里洲的历史，就是治水筑堤挡江水的历史。百里洲的棉田、稻海、梨园，令多少文人墨客赞颂，还有作家凭借写此洲的长篇报告文学获得了鲁迅文学奖。我曾两次随湖北省作家诗人到百里洲采风，百里洲的梨子甜，百里洲的大米香，百里洲的棉花做的被子暖和，使得我对百里洲有一种亲切感和亲近感。

杨尚聘是百里洲人，《安澜梦》写的是以百里洲为活动舞台的几个生活在百里洲的杨姓人的治水故事。杨尚聘在小说中把枝江市和百里洲换成了其他名字，阅读小说的人不用去管它，只看那场景里的人物与故事，我就认定是枝江与百里洲。《安澜梦》说是长篇小说，其实是由四部中篇小说串联而成，从卷一到卷四，都可以独立成篇。杨尚聘的聪明之处在于以杨姓族谱上几个姓杨的优秀祖先为线，以代代杨姓人筑堤治理百里洲的水患为线，用两根线连缀起这些人物和故事，就有了整体感和连续性，即使是隔代连接，你也看不出其断裂处与松散处来，读者读来就有一气呵成的感觉，整部作品的气韵贯穿始终。

关于《安澜梦》的人物、结构、故事我就不去细分析多阐述了，读者自可以去体验。杨尚聘长期从事新闻工作，曾任一家日报社的社长很长时间，但他的叙述语言很流畅，并不是那种新闻腔调，读起来很润心。我希望杨尚聘就这个路子走下去，再从他的族谱或其他姓的族谱里面挖掘一些人物和故事，也许能写出他的第二部、第三部谱牒小说来。

2012 年 12 月

乡土与情感的抽屉

——刘志毅诗集《船在湖心》序

刘志毅的新诗集《船在湖心》，所收诗作内容颇丰富。其中有写景点的《温泉，从来就没有冬天》，这首长达一百四十余行的诗洋洋洒洒，写盘古开天地，写十八层地狱，写八仙故事，且引用多位古人对温泉的歌咏，最终落点于“只要心中有了温泉，/这个世界，/从来就没有冬天”的诗眼，实为一首厚重之作。此外，还有写防汛抗洪、写爱情友谊、写生活中种种感悟的诗，都不乏真知灼见和深远意蕴。但这本诗集中最多的还是写乡土与情感的诗，乡土情结是《船在湖心》的主旋律，贯穿在诗句中的乡土情丝强韧且不绝如缕。

中国是一个乡土文化浓郁的国家，中华民族是一个乡土情结不解的民族，不论是乡村的城镇化，还是地域的全球化，乡土文化还是以其强大的力量浸透盘踞在我们的文学中，这或许是我们民族文学的个性与特色。

刘志毅有一首诗叫《抽屉》："一些珍贵/经常放进抽屉/锁好。"我们不妨把刘志毅的《船在湖心》当作他珍藏乡土与情感的抽屉，当"记忆的抽屉/一拉开/思绪直跳、直蹦"。

"几缕炊烟/几处篱笆/几只小狗/围着你我的脚打转/动不动就甩起快乐的尾巴"(《爱的诱惑》)，这是乡村生活生动的素描；"荷塘边，新雨后/淡雅的情趣/随紫色的小花/开满一片草地/一年/又一年/一年又一年"(《淡雅的情趣》)，细腻而淡雅的情思，悠长且悠远；"雨点不轻不重/落在身上，好痒/满眼绿色弥漫/由远而近，好香/牛背上的鹭/走进了你诗的意境/走进了心尖/走进了梦"(《去看鹭》)，意趣盎然，那牛背上的鹭鸟啊，分明是诗意的化身；"小时候不懂事/总是问：/爷爷，你的头发怎么跟喜鹊一样/有的黑、有的白呀/爷爷摸摸我的头/一笑/一巴掌拍在屁股上"(《突然想起了爷爷》)，是很生动的爷孙嬉戏图。还有《看电影》："儿时看电影/提着一把小板凳/或者席地而坐/露天/等上几个小时/总是在银幕最近的地方/恨不得钻进银幕/看电影就是过大年。"现在看电影，有软包、环幕、空调，"但是总找不回从前的心情"。还有《回味》：找到当年与情侣幽会的地方，山还是那山，泉还是那泉，那块一起坐过的青苔，还是那么清晰，可竹林深处，已是另外一拨年轻人在，使得我"管不住的眼泪太过调皮/往下/滴/滴/滴"。

我不再引用刘志毅的诗句了，从上引的诗句中难道还读不出作者满储的乡情和对故乡亲人及儿时生活的深深忆念吗？唯有乡情最动人，唯有乡情最感人，唯有乡情入诗最朴实最无华最不无病呻吟。刘志毅，这位出自乡土后来做了副县长如今仍在任上的诗人，在他从政之余，用诗来记下他的生活感悟与内心的情感，写得最多的是乡土，这很正常也很令人高兴。只有热爱家乡不忘故土的情愫，才能产生为家乡建设为乡亲富裕而勤于政事的动力。我真希望有更多从事领导工作的人，能写些诗，抒抒情怀，不忘乡情，关注民生，这对他们的工作，只会产生正能量，而绝不会有反作用。

刘志毅的诗的抽屉打开了，珍藏在他抽屉里的美好与诗意装点了世界，为世界增加了丰富的色彩。

2013 年 1 月 6 日

《父老乡亲》序

武汉作家协会副主席王新民对我说，我老家武汉江夏金水闸街有一个写诗的年轻人叫张维清，诗写得还不错。不久，王新民给我发了一组张维清的诗稿，这时我已从《长江文艺》退休，受邀编一本进城务工人员文学生活杂志《芳草·潮》，我就选了张维清的一组诗发表在这本杂志上，占了三个页码。这是张维清第一次在公开杂志上发表诗作，且一下子发了这么多。我看中了张维清诗歌中的那一份乡村情结和他叙事抒情的朴实真挚。这组诗中有一首《打工怀想》，写打工者出门时父亲的送行和母亲的唠叨嘱咐。他在陌生城市，“水泥　黄沙/扬起的灰/脸被细琢成一幅油画/砖在手心转动/一块一块地叠起/热乎乎的汗水/灌溉城市的花朵”；母亲嘘寒问暖的电话、父亲的短信让他充满了期盼，而他在劳动中对山村满储着圣洁的爱。不说这首诗写得多么好，只说诗中流露出来的情绪，没有那种被人写得太多的进城务工人员的苦难与城市对他们的不公平(苦难与不公平肯定还存在，还要写)，而是健康向上，充满了阳光，这是难能可贵的。诗可以写苦难，也可以写生活中的温馨与亲情，只要是真实的表达即可，而不是人云亦云，追赶时髦。

张维清的乡村情结表现在他的诗作大量地写了乡村的人物与事物，写土地，写农具，写父亲母亲及其他亲人，写乡村的景色，写乡村人物的内心情感，写得都很朴实与动人。写人物、有关父亲母亲的诗有好多首。他的乡间父母是勤劳善良的人，为了子女，为了生活，累弯了腰，洒干了血汗，最后回归了土地。他的父亲对土地无私奉献，把一点一滴的血汗，喂给了那些日益膨胀的根须，土地也给了他回报：“死后/黄土弹了一床被褥/这是送给他/最相思的礼物”(《土地　父亲》)。他的母亲，“用那双打了四个补丁的黄鞋/叫醒了门栓/扛起随身带着的锄头/让忙碌/去寻觅心中装着的那片土地”(《母亲》)。短短的几行诗，就画出了勤劳母亲的形象。当母亲患了癌症，躺在病床上的时候，“我摸着那嶙峋　粗糙的手/宛如摸到了她　养活的那片黄土”(另一首《母亲》)。作者在多首诗作中写到了父亲母亲，处处满溢着对农民父母的深爱与歌唱。在《春耕春耕》一诗中，作者写道：“每坑二粒/种进母亲挖好的土眼里/我也悄悄/埋进母亲　辛苦的笑声/让那些日后长成种子/天天听到一种呼唤。”张维清的诗还写了伯父、祖父、乡间老农等其他父老乡亲。一个能长久地把亲人挂念在心且付诸文字的人，一个能把乡间的农具、庄稼挂念在心且付诸文字的人，他是不会忘记自己的根本的，他的写作也一定是为了他的乡情与乡亲，他是不会写那些云里雾里、佶屈聱牙、他的父老乡亲读不懂或不愿读的诗歌的。张维清的诗路很正，一开始就写自己熟悉的乡村生活，写自己的真实乡情，这决定了他今后的创作路子会顺利而有前途。只有那些脱离生活没有地气的创作才是没有前途的。

张维清写作很勤奋，他在基层工作，生活是丰富而充实的。如今他要出诗集了，希望我写一篇序。所谓写序，不过就是对作者的作品评价一番，顺便探讨一下创作问题，给读者一定的启示。我指出了张维清的诗的优点，但我也要指出他的诗锤炼得还不够，有些诗句不精粹，如果能有更多的像“我挑着一担水桶/把黄昏叫回了家”(《河》)、“渔民　撒下一张百孔千疮的网/收回白银/在夕阳上跳动”(《炊烟》)、“烟是书家/在夕阳这张红纸上一幅狂草”(《河流》)、“泡开昨日凝固的风雨/茶花绽放/世界瞬间变绿”(《泡茶》)这样的诗句，那就更好了。有的诗人，写了一辈子诗，却一句诗也没留下来；有的诗人有几句诗留下来了，人们记住了他，他就是著名诗人了。唐代襄阳籍诗人张继凭借一首《枫桥夜泊》，就流传千古。所以锤炼诗句，哪怕只写出一首好诗来，对诗人来讲是十分重要的。张维清写作的路还很长，希望他写出更多的好诗。

2013 年 11 月 26 日

唯情入诗《水戒指》

因为要采访中国科学院院士、著名生物学家邓子新，我来到武汉大学药学院，接待我的是孙雪女士。孙雪见我名片上有湖北省作家协会副主席的字样，对我分外客气，令我猜测到这人可能有文学情结。果然在我完成采写任务后，孙雪给我打电话，说了她自小对文学的爱好，以及她在网络上发表了作品的情况。我采写的院士邓子新是湖北房县人，孙雪也是房县人，而我对房县有一种本能的亲近感。一九七七年，我作为湖北省委路线教育工作队员，在房县山里待了一年，我于二十世纪八十年代初写的获奖组诗《我忆念的山村》，就是写的房县。之后我对房县人房县事就特别关注，把房县当作我的又一个故乡。孙雪是房县人，又爱好文学，所以我很愿意帮助她。

孙雪有一天给我送来了一叠诗稿，还有几篇散文与长篇小说的梗概，她说她在哪个网上发表了作品。我很少看网络作品，不知她的那些作品在网民中反响如何。当我读了她的诗稿后，我对自己的猜测确信不疑，这是一个不仅有文学情结而且文学素养不低并且对文学很投入的人。

诗是情感表达宣泄的载体，无情感亦无诗，无论是哲理诗、咏物诗还是现今流行的口水诗，那里面都是流露出了某种情感的，冰点情感也是一种情感。孙雪的这本诗集，写的全是情，她已入诗歌之门。写诗没有情感，那是门都未入的。“她想种下蓬蓬勃勃的绿荫一片/为我抵挡人世的风暴沙尘/她想挂起晶晶亮亮的星光一串/为我照亮幽暗的漂泊旅程//不管我在哪里/总想着妈妈的嘱咐/那是我的宫殿/里面住着永远也长不大的公主/不管我在何方/总想着妈妈的叮咛/那是我的背囊/里面装着永远也不干涸的清泉/妈妈是我一生的牵挂”(《妈妈》)。在多首写亲情的诗中，写妈妈的这一首，深蕴着女儿对妈妈的牵挂和感恩。

这本诗集的名字取自集子中一首诗的名字，是我帮孙雪定的。水戒指，多么美的一个意象：铂金的、钻石的、红宝石的戒指，统统不要，只要一枚特殊的戒指。什么样的戒指呢？“愿跋涉千里去寻觅/愿散尽万金来拥有”。不需要。只需“取滴晨露吧/你捧/青翠竹叶儿呈放我的手心/晶莹的露珠儿闪着我的倩影”，“我转动无名指一圈/你用晨露烙上印/一圈”，“我笑了/谢谢你送我水戒指/泪珠儿滑落/在你转动的无名指上烙上印/一圈”，“我们的水戒指/没有人看得见/我们的水戒指/永存天地间”。这么一首短诗，因为有奇妙的构思，将作者的纯情与小儿女态表现得十分充分，有一种纯粹的美感。孙雪写爱情，除了《水戒指》的以物寄情外，更多的是直抒胸臆，如“每一朵花都有枝头/花开花落/缤纷了四季/我为你晶莹在空中/一朵朵的花开/一片片地飞散”(《为你花开》)，“我想我的小屋/只有我和你/深深的根交织在一起/绿绿的叶相触在云端/擦根火柴点燃太阳/来吧　一同燃烧/今生今世的幸福和痴狂”(《我的小屋》)。

爱情是文学作品书写不尽的题材，诗歌更是如此。

不论现代诗歌怎么发展，人类的亲情、爱情、友情都是诗歌必写的内容。我们所有写诗的人都要记住：无情即无诗。我深信。

2014年7月15日

《威风凛凛》绘画评点本记

在刘醒龙已出版的11部长篇小说中，《威风凛凛》无疑是他攀上文学高峰最终摘下茅盾文学奖的基石性作品。

《威风凛凛》是刘醒龙的第一部长篇小说，写成于1993年秋，由作家出版社以“当代小说文库”之一于1994年1月出版，1996年1月，作家出版社在更换了封面后出版第二版。大型文学杂志《芙蓉》在1994年第四、第五期全文连载了这部小说。2009年9月，作家出版社为庆祝中华人民共和国成立60周年，出版了一套“共和国文库”，选编了中华人民共和国成立后一批优秀作家的优秀作品，《威风凛凛》入选“共和国文库”再次出版。2014年1月，上海文艺出版社出版了“刘醒龙作品系列”，《威风凛凛》在出版了20年后，又被作为“刘醒龙作品系列”之首出版。《威风凛凛》曾获得长篇小说十佳奖(1996年)、中华侦探小说学会第二届优秀侦探小说奖(2000—2001年)，并为第四届茅盾文学奖入围作品(1989—1994年)。

2010年年初，由李阳策划、野莽主编、拟由中国工人出版社出版的“中国当代长篇小说丛书(绘画评点本)”出版工作启动。这套丛书选择若干位当代作家各自的一本有代表性的长篇小说，请一位画家根据小说内容绘图若干幅，再请一位评论家或一位编辑进行评点。这套丛书的创意是新鲜的，开创了当代长篇小说绘画评点的先河。丛书先后出版的有贾平凹的《秦腔》、韩少功的《马桥词典》、张炜的《古船》、周大新的《湖光山色》、史铁生的《务虚笔记》等，都是大家力作。这套丛书选了刘醒龙的《威风凛凛》，我被约定为《威风凛凛》的评点者。

关于《威风凛凛》一书的绘图者，我在这里引用该丛书主编野莽在《此情可待》一书中的记载。野莽说：“这套丛书已经出版了十部，再往下我选刘醒龙的一部长篇小说，由刘益善评点，配图再找湖北某个会画画的作家。刘益善二话不说，一口答应，又建议别找人画了，就让刘醒龙的女儿画！我问：‘刘醒龙的女儿是作家还是画家？’刘益善说：‘都不是，才八岁，三年级，叫刘晚，刘醒龙晚年所生。’我用眼睛看刘醒龙，寄希望于他谦虚推辞，这事就取消了，但是刘醒龙比刘益善更加坚定地说：‘她会画！画得好！’”

“两人一唱一和，像是在来京的火车卧铺上研究好了。副总编兼副社长李阳还在犹豫行还是不行，我怕他提出拿到编委会上讨论，立刻代他作了主说：‘行，父女合作，这个创意不错，只是别把刘晚的稿费寄到学校去了。’”

当代文坛的一件盛事就这样产生了，现在还在读初中的刘晚，在她读小学三年级时，给她爸爸刘醒龙的长篇小说绘画。刘晚一共为《威风凛凛》画了八幅图，这些图是根据小说的内容选择着画的，图意与文意相符，用很简单的线条，表达准确，充满了童稚与天真，让人看了后，忍不住要微笑。比如“上美术课画人像时，赵老师总是先画一顶帽子或一堆头发，然后再教怎么画人”这样一句话，刘晚画了一块黑板，一个大人站在黑板前画一个圆圈帽子，黑板下面有两排长方形的桌子，每排桌子后面画三个圆头，代表听课的学生，老师和学生的圆头上，画三根毛，表示头发。画就这么简单，但别具一格。我想，八岁的小学生给作家爸爸的长篇小说画插图，在当今文坛，怕是第一个了。

关于我给《威风凛凛》作评点事，在该书出版时，我还写了一篇评点后记，这里摘抄一点，以就教于各位对《威风凛凛》作专门研究的方家。

> 在认真阅读、仔细咂摸、小心翼翼地评点了《威风凛凛》之后，按这套文库的要求，还要写一篇评点后记。关于本书作者刘醒龙，我要说的话很多，这里只能就本书说一点点。
>
> 《威风凛凛》出版于1994年。在这一年的年头，刘醒龙由黄冈调入武汉市文联当专业作家。虽说1992年他以《村支书》《凤凰琴》《秋风醉了》三部中篇小说耀眼于中国文坛，但《威风凛凛》作为他的第一部长篇小说，绝对是其里程碑式的作品。
>
> 1986年，刘醒龙从大别山中的英山县到武汉市的江夏区，参加《长江文艺》杂志的笔会。年轻的他

在招待所简陋的房间里伏案苦写，只用了约一个星期的时间，写出了一组名为“大别山之谜”的系列短篇小说。我是在这次笔会上第一次记住了他小说中多次写到的地名西河。西河是大别山中的一条河、一个小镇，经过数千年的山河孕育、日精月华的累积，这一小块土地上有多少英雄与芸芸众生，有多少奇闻与传说，有多少魔幻与不解之谜！从江夏开始，刘醒龙在随后的一批中短篇小说中，写这里的人物风情，写出了诡异的与谜一样的故事，令读者难以忘怀。

《威风凛凛》写的仍是大别山，写的仍是西河，但这是他第一次用长篇小说来写这片土地与这里的人们。11 年后的 2005 年，他则用 100 万字的巨制《圣天门口》，把他的西河与大别山之谜写到了一个极致。我想，西河之于刘醒龙的意义是不是就如约克纳帕塔法之于美国作家威廉·福克纳的意义一样呢？

《威风凛凛》写了西河镇老一代人的传奇与谜一样的人生历练——爷爷与赵老师，写了居中一代的浑浊无序没有道德标准的生存——五驼子与金福儿，写了年少人的追求与纯洁之爱——“我”与苏米还有习文。这群生活在大别山中一个叫西河的地方的人们，日子过得艰苦缓慢而又故事多多。作者用他特有的短促有节制而又十分精确的叙述语言，像一个说话略带滞涩的人在讲述这些故事与日子。你得认真倾听才能入心入脑，他的语言不是一阵风掠过水面，而是一粒粒石子砸入水中。听完了这些故事，见识了西河镇这些人的日子的过法，你得到的不是一次仅停留在愉悦层面的阅读经历，而是得到一次精神的洗礼。刘醒龙在《威风凛凛》里表现张扬的是一种精神，这种精神是骨子里的，是顶天立地泣鬼神的，是一种能做各种苦役、受各种欺凌万种折磨甚至肉体被大卸八块都不会改变而会永远存在的精神。这种精神才威风凛凛，连欲扼杀扑灭它的人都胆战心惊。

阅读《威风凛凛》是一次精神的游走，绝不是一种世俗的消闲。

我的评点仅是做了一点提醒、强调、叫好、引领注意的工作，一切都由读者去领会了，这是一本值得一读的书，这也是一本能长久流传下去的书。

读陈谢的虎画

认识陈谢几近三十年。在武昌紫阳路原湖北省文艺创作室的一间小房里，我们曾作彻夜长谈。那时他还是一个小青年，却在北京和省内一些报刊上发表了不少诗与散文，给我一个聪明早慧的印象。后来他到报社做美术编辑，才知他自小就喜欢画画，且有功力。做美编之余，还写大量的法制通讯和破案之类的纪实作品。

陈谢是一个充满了活力的人，很早就知他买了私家车，而且车还经常换，他开起来特别来劲，虎虎有生气。忽一日，他送来一批老虎画给我看，我突然眼前一亮，那些老虎形态各异，生动传神。他说这些老虎都是他画的，他师从名家汤文选，近年来致力于画虎。他还终于画出了一点名堂来。陈谢属狗，如果不是看了他的画，我可能会开玩笑说："陈谢画虎不成，反类其犬。"但我现在说："陈谢画虎，真真是虎，他虽不属虎，却有虎的活力与激情，要不他怎么开着车满处跑，一会儿做工人，一会儿做记者，一会儿写诗写散文，最后又专攻虎画。"对这种永远充满了活力虎气的人，我只有学习的份了。我自己虽属虎，喜欢虎，却缺少虎气。

细读陈谢所画之虎，别有天地。陈谢不可能到远山大野之中去观察虎寻找虎，他所见之虎都是在动物园里生活着的驯化之物。他对这些虎作长期细致的观察，反复揣摩写生，得其精神，然后张开想象的翅膀，将这些园中之虎放到深山旷野之中，画出它们的神态与内在的品质来。

《雄视》，只画一只虎首，重点在虎的双眼，那虎眼之光，并无凶神恶煞之气，倒是一种远视雄察，追寻着那远方的风光与生活。《春意暖》，一只长身长尾之虎立于巉岩，虎伸的一个懒腰，透出几多春暖之时的惬意与舒适来，懒洋洋的好悠闲啊！《松风》，松下之虎，如松如风，凛凛然，有雄气有威风，松风啸时，虎也可能长啸，那是动山林的一种虎气哩！《山雨欲来》，天地昏暗，乌云滚滚，风起林末，百鸟归林，只有虎卧地欠身，不惊也不慌，全然不觉风雨之到来。或者它久居幽静，渴望一场山雨的到来吧！《逆风行》，虎雄身阔步，迎风而上，没有一点畏缩与胆怯，风算什么，它就是要冲着风而来。《山中明月知我心》，山中月明更显幽静，而虎巍立，若有所思，在想着什么心事呢？明月知道吗？……

陈谢给我看的十余幅老虎图，细细品来，每幅都有一些含义。陈谢，这哪里是在画虎，分明是在传神抒情。当过诗人的陈谢，把他的虎画，写成了诗，传达出了一种情趣与生活的品格。陈谢说：希望自己笔下的虎能够有一种与大自然和谐相处的心态与条件，希望通过作品表现出对濒于灭绝的美丽生灵深厚的人文关怀。陈谢的这种追求，在我读到的他的虎画中得到了实现。

陈谢之虎，非山林中的凶恶之虎，而是充满了人性的绿色生命，观陈谢之虎，是在观一种生活与人生也！

文化的魅力

——读子力《12 国风情纵览 · 流淌的文化》

有的人出访或旅游了几个国家后，回来写出一篇篇的游记文章，又是发表报刊又是出书，甚至还搞个首发式或研讨会，弄得很热闹。但读者读了这些游记，除了知道作者怎么上飞机，到了哪个国家，见了什么风景与几个外国人外，就再读不出什么有意义的东西。有时还从这些味同嚼蜡的文字中读出某种得意与炫耀，更像是吞了一只苍蝇一样恶心。

读到子力即将出版的《12 国风情纵览 · 流淌的文化》一书的清样，我没有喝白开水的感觉，却有一种如在书香氤氲的书房里静静地饮一壶新茶的愉悦。我们每读一本书或一篇文章，都是抱着目的的，我们说一本书或一篇文章好，是我们读了这书或文章后，从中得到了收获，这收获或是新知识的增长，或是思想的启示，或是精神得到了沐浴。我从子力的书中得到的是文化，是异国的文化风采与中华文化比较后的一种启示。

为什么同是游记文章，阅读后感受的反差如此之大，这是因为前者没有内容，而后者却有文化的魅力。

德国黑森州的首府威斯巴登，为什么叫“泉城”？是因为这里有众多温泉，早在罗马时期就修建了城堡要塞和温泉浴室。城内共有 26 处热泉，其中科赫布吕宁最为著名，每天出水达 50 万公升。1913 年建的腓特烈皇帝温泉历史最悠久，可以不着泳装入浴，却氛围优雅，十分协调。法兰克福意即一块福地，据说 1500 年前查理大帝被萨克森人追杀，一路狂奔到这里被美因河挡住，前有大河后有追兵，几近绝境，这时却有一只鹿在滔滔大河上选了一处河面涉水而过。查理大帝循着鹿的路线过河，死里逃生，后来这里就被称作法兰克福。如今法兰克福是一个国际性大都市，是欧洲的工商业、金融和交通的中心。尼泊尔在印度和中国之间，有 2700 万人口，15 万平方千米国土。“尼泊”二字在古尼泊尔语中意为夹缝之意，尼泊尔意即夹缝中的小国。在子力的游记中，像上述这类蕴含文化因子的记载与介绍俯拾皆是。像我等这样的读书人，也知道一些传说与典故，但出国机会不多，读到这些有关异国与城市名称的传说与记载，也兴趣盎然，长了见识。

子力在书中引用了俄国作家果戈里的话：“当音乐和传说都缄默时，只有建筑还在说话。”到国外旅游，世界各地的建筑无疑是重点游览对象，到巴黎不看埃菲尔铁塔和卢浮宫，只购买法国香水，那绝对是腰缠万贯的没文化的土豪。柏林的勃兰登堡门、夏洛腾堡宫、威廉皇帝纪念堂和胜利柱，水城威尼斯的圣马可教堂，罗马的古斗兽场、君士坦丁凯旋门，城中之国梵蒂冈广场中央矗立的有3000年历史的埃及独立方尖碑，印度阿格拉的泰姬陵，哥本哈根的三大古建筑——罗森堡宫、克里斯钦堡宫和阿美琳堡宫……从子力的书中，我们看到了他所到达的城市的大小几十座建筑，这些建筑是艺术，是历史，蕴藏了丰富的内涵，有故事有情节，是一个民族也是整个世界的宝贵文化，是屹立在各地的固体风景，是凝固的文化诗篇。

在子力的书中，有多处写到文学与作家。文学无疑是文化的重要内容。在法兰克福有歌德旧居，歌德的《少年维特之烦恼》与《浮士德》，那是世界文学经典。而《印度文学的双子星座》则是专章介绍印度的伟大史诗《摩诃婆罗多》《罗摩衍那》的内容及其在印度人民中的巨大影响力，以及首个亚洲诺贝尔文学奖获得者泰戈尔的作品及其影响。特别难能可贵的是作者结合中国现代文学史料，论述了冰心、郭沫若的创作如何受到泰戈尔的影响，徐志摩在演讲中对泰戈尔高度评价道："他是三春和暖的南风，惊醒树枝上的新芽，增添处女颊上的红晕。"这些记叙与见解，从文学角度看，是有创见与发现意义的。

随着国门的开放，外出旅游观光的人们会越来越多，而且写游记观感的文字也会越来越多。千万别写那些败坏读者胃口的东西，那不是文学而是垃圾。要写就写点有意义有内涵的东西，如《12国风情纵览·流淌的文化》一书，图文并茂，具有文化的魅力。

亲切的散文

近几年接触了公安文学，并写过几部公安题材的作品，因此在读到一些写警察生活的文学作品时，就有一种亲切感。经朋友介绍，认识了邢玉玺，知道他从警察干起，后来干到公安局局长，如今是某县级市委常委、政法委书记。邢玉玺写过不少文学作品，他拿了一叠即将付梓的散文稿，要我写点什么。读他的散文，其中有一部分是写他的警察生活的，我的感觉是亲切，同时在感情上也与他亲近了不少。这与我的警察情结有关。

邢玉玺的散文，内容大致可分三部分：一部分是写作者到过的名胜景点或名山大川，属游记散文；一部分是直抒胸臆的人生感悟类文章，抒情味重，较简短；还有一部分是写警察生活，有对警校生活的回顾，有对牺牲的战友的悼念，有对从事警察工作本身的认知与追求。邢玉玺写的游记散文与人生感悟文章，寄托了他的情怀和对世界对生活的一些发现与体验，批判了一些东西，呼唤了一些东西，有一定的社会意义和文化内蕴，是一些不错的篇什。但是我更喜欢和推崇的是他写警察生活的这一部分作品，这部分作品更真切更实在，行文朴实，情感细腻，作者娓娓道来，没有空洞和虚幻的成分。这是与他从事公安工作几十年，对这方面的生活最熟悉、感受最深刻有关的，我想这不仅仅是我的偏爱。我称他的这些文章为亲切的散文。

公安局局长早上进办公室，看到办公桌上有一封字迹幼稚且有不少错别字的信。信是一个小学生写的，说是自家的耕牛被盗，爷爷因为牛被盗而急得病倒在床。孩子写了信，然后步行几十里山路到邮局把信寄出。末尾写着："叔叔，我每天在山路上等你们，把我们家的牛找回来，把坏蛋抓住，我爷爷的病也会好起来。"孩子的信打动了公安局局长，邢玉玺带着信赶到发案地派出所，找到所长，督促破了案。几天后，他和所长去老农家，路上不通车，他们翻过几座山，见到了老农和那个写信的十一岁的孩子。农家生活那么贫穷，老农对公安人员那么感恩戴德，连连说：“你们是好人!”孩子说：“我长大了，一定当警察。”从山里回来，局长的心里久久不能安定。夜色更深，他辗转反侧难以入眠。“到底是因为什么？今天，我忽然又想到那个老人，那个孩子，那件事……”(《夜半归来难入眠》)。读了这篇文章后，我认为邢玉玺是一个爱民的有良心有责任感的好警察。作为局长的他，本可以派一个人或打一个电话让下面把这件盗牛案处理好，但他亲自出马，是孩子的幼稚的信打动了他，他不能让那颗幼小的心灵失望。邢玉玺写了他经历过的许多事情中的一件，他只是记叙了他的一种心情，并无意来自我张扬，但我们却从他的记叙中看到了人民警察金子一般的心。

散文这种文体，原本就十分的自由。近年来散文创作的繁荣与发展，使得这种文体变得更丰富多彩了。有人可以把散文写得典雅古朴，充满着文化意味；有人可以精雕细琢，字字推敲，把散文写得美如珠玉。我们也可以把散文写得朴实大方，更接近生活，让读者读了感到亲切自然，能使读者与作者的情感更加贴近。对这种散文，我认为是更应该提倡的。朴实是一种美，亲切自然是一种美，这是一种平民美。散文创作百花齐放，各类散文都有自己的读者。而亲切的散文，可能更易于接近群众吧！

邢玉玺，能在繁忙的工作之余写作，是难能可贵的。希望他更进一步挖掘警察的生活，写出警察身上更多的闪光点来。

还有，坚持把散文写得亲切。

生活的歌者

枣阳这几年的文学艺术创作有一批人，形成了一支队伍，使得枣阳的文学创作在襄樊(今襄阳)市乃至湖北省都有一定的地位。黄攀是这支队伍中的一员，他年轻、刻苦，这么多年来一直追求文学的女神不辍。现在，他的中短篇小说就要结集出版了，嘱我写几句话，权当作序言。

我读了黄攀的几部中篇小说，觉得黄攀的创作基位定得不错：写当代生活中的人，当生活的歌者。

田老六死后不久，其寡妻在生下一对双胞胎女儿后也一命归西。双胞胎女儿一个被城里人领养，一个被好心的农妇三娘领养。小姐妹长大后，在商品经济时代走了完全不同的两条路。一个为乡亲的脱贫致富而奋斗苦干，一个在世俗的生活中沉浮堕落。一对同胞姐妹的命运在故事中展开凸现，让读者分辨谁是谁非，从而受到启发。这是中篇小说《牧歌与霹雳舞》所表达的主题。

农民汪财对发了财的乡里人与城里人羡慕不已，抓住自己的妻子同村长发生矛盾后喝农药自杀身亡的事件，大做文章。他挑起汪姓族人砸了村长的家，把村长打个半死，几近挑起一场械斗。而后他又带着族人停棺县政府大门前闹事，其目的是为了多搞几个钱。汪财终因无道理遭到失败。中篇小说《遗失在夏季》写的是商品经济时代少数人的精神与道德的迷失。

中篇小说《梦回家园》则是写的一个现代复仇故事，以废弃的老窑为背景，演绎了刘牛两家几十年的恩怨。牛铸镛借自己在改革开放中做生意集聚的财力，终于整垮了刘达理父子与女儿一家，报了仇。而与牛铸镛有血缘关系的牛铸山的一席话，则将这部小说的内涵揭示出来："想想吧，我们这两个家庭相互血斗还少吗？还要斗到啥时候哩？难道就跳不出那个复仇怪圈，寻求一个新的生活方式吗？"

黄攀是从黄土地上走出来的小说作者，他小说的主题、人物、故事、语言，无不带着黄土的泥腥味，保持了一种生活的原汁原味，这是十分可贵的。面对当代乡村的变化，农民群众的生活生存状况，黄攀用自己的作品作了准确的表达。生活中不仅有牧歌，生活中的沉重与血腥味从来没有消失过。我说黄攀是生活的歌者，是说他的创作是从生活出发，表现了现实生活的状态。黄攀写的是生活中的一种沉重，是一种复杂而又叫人思索的东西。我说黄攀是生活的歌者，是说他在唱着忧郁而深沉的歌。

黄攀的小说创作从主题内容来说，是有认识意义的。黄攀的小说，在艺术上是稚嫩了一些。就如唱歌一样，有人可以到北京、上海、武汉等大地方去唱，有人可以到襄樊、宜昌、黄石等中等城市去唱，当然也有人在县城甚至乡镇上唱。黄攀在枣阳这个地方唱着他的生活之歌，他会有一天唱到省城唱到京城去的。

李修平和他的《浮生独白》

我知道保康李修平比知道中央电视台播新闻的李修平要早，原因是我记不住影视音乐界的名人的名字，而给我投稿并且孜孜不倦地写作的业余作者的名字，倒是记得不少。十几年来，李修平就是我所服务的《长江文艺》杂志的投稿者。

李修平是从保康山里走出来的作家，他对文学的虔诚与矢志不渝，使我引为同类。李修平在文学这条道上洒下的血汗吃下的苦头，是一切在逆境中追求而运气又不太好的人都碰到过的，我是能够理解的。

《浮生独白》是李修平的第二部散文集。他的第一部散文集《雨夜梦想》据说反应不错，我未细读。这第二本集子，我是从头至尾翻读了一遍的。现在出的书也多，有些书你读过，觉得作者是大可不必浪费纸张与读者时间的。而李修平的这本集子，我认为很有出版的必要。它记下了一个小县文人及官员对生命的感悟，对自己家庭生活、读书旅行、写作交友等的体验，是作者心灵的吐露，很值得一读。

散文贵在真，抒真情，说真话。面对东去的大江，面对五月的原野，李修平抒发的那种在有限生命中做点力所能及的事情，追求精神不死，以及穿过生命之夏开始冲刺的感受显得不做作不空泛。这是生活的一种激情，一个不甘平庸者的自语。面对着商海与仕途，还有麻将桌与夜总会的诱惑，作者有过动摇与向往，但最终还是走进书斋，读点书，写点文章。虽然知道自己可能写不出名著伟作，但自己是在干自己喜爱的一行，生命是充实的。写下去，不断地写下去，作者的这种信念，我是相信的。他没有说假话。在《领悟生活》中，那种对官场陪客、开不解决问题会议的厌烦，对寻求清静时间读书写作的向往，也是真正的心声。而对婚外恋的排拒与结论，不知是否是生活的体验，很有些深刻警人。集子中的文章，首先要说的特色是真实，没有遮遮掩掩的东西，没有隐晦曲折的东西，一切都来得真实，把心坦露给读者，这是难得的。

集子里的散文，作者写自己的生活以及家庭，占了相当的篇幅。这类散文要想吸引人，除了真实外，在表达时重在随意亲切，用与人谈家常的口吻。作者将自己当平常人，有平常心，选取平常生活中有含义的内容，不加修饰装潢地表达出来，看似平常，实则动心。《妻子不在家的时候》《住院琐记》以及游庐山、黄山、西安、神农架等地的日记，都是颇有特色的篇什。生活散文这些年流行起来了，但有人利用自己的名气，开了很多专栏，恨不得打个喷嚏都要写成东西发表，令人生厌，缺少内蕴与亲切感。李修平的这类散文尚无此种毛病。

作者是从山里出来的，他的生活离不开山，他的根据地仍然在山里，因此他写起大山写起自己的家乡来，那种感情的充沛，那腔奔泻的亲情，在字里行间跳跃。《家居四快》《午古清凉地》《哦，我的白沙河》都是有血有肉的文章，而《走进趟里》中的那个新奶奶，更是令人难忘。作家写故乡的文章都是感人的，这是规律。为什么？

是因为他把一腔情感倾倒进去了。情深能动人，这是那些干巴巴的罗列风景、讲解民俗的所谓文章不能比的，是两个层次。

我与李修平见面是在1995年夏季保康笔会期间，他是个纯朴聪明的人，他对文学的忠诚给我留下很深的印象。他出第二本散文集，要我作序。写此感觉，权当序言吧！

写出你的发现和寄托

——昌永和他的《碧珠》

初识昌永，纯系偶然。那年枣阳文化馆邀我去辅导业余创作，住在市粮食局办的奎星楼饭店。吃饭时，有人介绍昌永，言他是市粮食局局长，业余搞书法美术写古体诗，给我留下深刻印象。他三十来岁，人很精干，一股文气氤氲左右。枣阳是粮食大市，身为粮食局局长，业余有如此高雅追求，实在难得。

再见昌永，是我带着湖北的几个青年作家，到枣阳粮食系统采风，这活动本是冲着他去的。他还是那样，文质彬彬，介绍情况，热情接待，使作家们收获颇丰。

这之后就熟了，有书信来往。他到武汉开会时，晚上抽时间来看了我几次。在我凌乱的书房里，我们谈诗论文，一杯清茶，十分畅快。可惜每次待的时间都不长，我以为原因系他在省城有许多事要办。后听他的办公室一同志说，他是怕耽搁我的时间，这使我十分感动，也见出他这个人心很细。

昌永将他的古体诗打印成册，送我一本，惜我不太懂这形式，无法与他深层次论及。当我读到他的一批散文后，我们的交谈与通信才深入起来。散文这文体，要想说清楚也难，各人都能谈出一套来，无定法，全凭一种感觉。昌永的散文，就我读到的来看，可分两类。一类是注重纯美的追求，抒情味浓。大自然的一草一木，季节的变换，一景一物，皆可入文，关键是写出他的发现他的寄托，揭示出事物本身的美来。天上的一轮明月，他描绘出了“神秘典雅文静”(《西窗月》)；“我深深地相信，月儿是有语言的。不信，你就久久地看着她。有时她奏高山铿铿锵锵，有时她奏流水叮叮咚咚”(《听月》)。这些发现，正是昌永这一类散文的蕴含所在。

昌永的另一类散文，是生活散文，叙事多一些。日常生活，童年回忆，所见所闻，有所感有所悟，写出那感那悟的哲理情趣来。面对旅馆前的荷池，忆起童稚时荷塘采莲的美妙；在大街上散步，闻到烤红薯的香味，联想起乡村种红薯以红薯当粮的日月，真是别有滋味在心。《年祭》一篇，是昌永写父亲，融进了无限的深情，写出了一个农民为了养活子女，为子女成人而辛勤劳作的无私奉献精神。这实际上是一代农民的缩影。这篇散文，引起了我的共鸣，我也有这样一位父亲，我们都是农民之子啊。

昌永散文的语言，抒情时细腻精致，叙事时朴实自然。两种语言交替使用，显出他的散文写作已到一个层次了。

当然，不能说昌永的散文就写得十全十美了。散文这种文体，看似容易，但要达到炉火纯青的境界，则需追求她的人作终生的努力。昌永的散文当然未到这高度，在语言的使用上，还看得出他的挑选与刻意，尚未达到浑然天成与挥洒自如。

作为朋友，我痴长几岁，在他出版第一本散文集时，写上这篇小文，既是作为祝贺，又是作为友情的纪念。

青春的诗

当我读金海的一叠诗稿时，金海还是在一家省级广播电视媒体实习的大学生，并已被武汉作家协会吸收为会员。金海出生于湖北省房县中堰河金家湾，我曾在他家乡的县委搞过省委路线工作队，那里有我忆念的山村。不过那是二十三年前，金海还没有出生。

读从鄂西北山里走出来的年轻诗人金海的诗，可没有一点我在二十多年前见到的山民们生活的影子，感觉到的只有当代大学生稍带点儿忧伤吟唱的情怀，和他们积极向上追求的执着。金海的追求，是一种诗人的追求，是一个少年诗人尚不识社会生活水性的纯洁而美好的向往。这种诗歌，是年轻心灵的激动，是朦胧爱情的花开，是对未来不太清晰的瞩望，纯情而美丽……

金海是一个校园诗人，他的诗是十分适合校园里的莘莘学子阅读和吟唱的，谱上曲子，抱一把吉他，边弹边唱，兴许十分动听而感人。

“十六岁没有皱纹的故事/长在十五岁的诗笺里/十五岁的沉思/录音在十六岁的演讲里/在失去与获得的天平上/蓄满痛苦与欢乐/在喧哗与孤高的月台上/铺着废纸与往事”(《我的十六岁》)。这诗的纯粹，是十六岁孩子的真情表露。“荒原把绿茵呼喊/波澜是大海的情感/血管里流淌的黄河长江水/滋润沙洲的心愿/聆听阳春季节的哗哗声/诗人散步的地方/一片黎明的长廊……/凝望远方的海洋/黄皮肤黑色的眼珠里/焕发清香的文章”(《日出的希望》)。这是一种青春的鼓荡，是年轻的呼喊。青春诗人，血脉中有青春的血液，而稚嫩变声期的嗓子，喊出的也是令人向上的呼声。

诗是属于年轻人的，也属于拥有年轻心灵的所有年龄段的人。金海是年轻人，又有年轻的心，他的诗是绝然年轻、满溢青春的。诗人是年轻的，金海的诗有一些不成熟，缺少冷静、沉思、深刻也是难免的。

但难能可贵的是金海诗中的青春，是永远的青春！

《春天以北》序

那是几年前，武汉市黄陂区作协邀请我与省市几个作家，到黄陂为区内青年作者作文学辅导。我在会场收到一本打印的诗稿，翻了翻，感觉还不错。当时我刚被聘到大型进城务工人员文学生活杂志《芳草·潮》做特邀主编，回武汉后，就从这本打印诗稿中选了一组诗发在《芳草·潮》上。给我诗稿的作者，是黄陂的一个乡村教师，叫翟锦。她的诗质朴之中有睿思，生活实感和现代情感杂糅，接地气且有一个小女子的社会责任感，没有风花雪月、无病呻吟、云里雾里、玩现代先锋、大吐口水等诗歌疾病。我喜欢这样的诗，就在《芳草·潮》上接连发了一些，读者反响还不错。

这次翟锦要出版诗集，请我这个老师作序，我欣然地答应了。我还从她写的诗中，选了一个题目，作为她的第一本诗集名。

在翟锦的诗集中，写乡村写父母的诗占了重要部分，对这些诗，我十分看好，这可能与我写乡土诗有关。在翟锦的乡土诗中，打工题材的诗又占了重要部分。随着国家城镇化发展的步伐，农民进城打工人数达到2.7亿。写打工者的情感与生存状态，是聪明的作家诗人的聪明之举。中国现在有6000万留守儿童，父母不在身边，留守儿童曾发生过许多悲剧。翟锦的诗说："我的另一个名字/叫留守生//十二三年来/妈妈和我相处的时间/是怀胎的十月/加上零碎的少许节气//爷爷奶奶养育了儿子/在年迈时又来喂养他们的孙子/我的爸爸妈妈/在陌生的大都市/打工　打工。"在接下来的诗句里，孩子在老师布置作文写身边最熟悉的人，比如爸爸妈妈时，只能羡慕地听着别人笔尖走动的声音，而自己只能凭想象来完成任务。有时想狠狠地打一回架，让老师把家长叫到学校调解，想离家出走一回，让爸爸妈妈满世界寻找。如果没有和那些留守孩子们生活在一起，能对他们的心理了解得如此准确细腻吗？在《十四岁的初吻》中，翟锦收到她最可爱的学生的信，这学生初中未毕业就外出打工，“打工的日子就是一串心酸”。学生在信中告诉老师她十四岁的初吻被老板二十八岁的儿子夺走：“老师/我已尽了力　但无济于事/当时只知道把牙齿咬得很紧/心里骂自己/而脸上　并无泪水。”作为老师的作者，帮助不了自己的学生，只能在诗中说：“我能做的/只是在社会的另一角/做你永远的倾听者/和无能为力的老师。”在诗集中，《路过干活的民工　我装着无动于衷》《弟弟　我仍以你为荣》《我看富士康“十二连跳”》《我仅仅知道》等诗，都写的是进城务工人员，诗中饱含的是一股正气和一片爱心，还有淡淡的忧郁。

父母给了我们生命，我们对父母充满了爱心。翟锦的《母亲　你是我永远的桃花源》是一首160多行的长诗，诗中的母亲勤劳：“母亲　我一言难尽你的勤劳/扫地　做饭　喂猪　从早到晚/种菜　耕田　从春到冬/还有纳鞋　打毛衣　织床单……”面对艰难困苦，“而母亲　你说没什么　日子会过去的/日子是如何挨过的　母亲/在我们姐弟三人愈来愈高的学费面前/在家被大火烧得七零八落时/在父亲肝炎愈来愈重时/在弟弟被摔成骨折时/在为妹妹的骨髓炎东奔西走辗转求诊时/在我因肾盂肾炎而休学时/母亲　你告诉我/你的心痛了多少回……”这首诗还写了母亲为弟弟读自费中专而卖掉准备盖房子的砖瓦石头，四十岁学做米酒到塆子里叫卖。弟弟去南方打工，一月一年没有音信，母亲日夜担心，甚至要南下找她的儿子……翟锦写出了一个平凡而伟大的母亲，她的母亲是天下母亲的缩影。这首诗中贯穿的关键诗句是：“给予　爱　微笑　向上的力量。”这关键诗句在长诗中多次出现，犹如咏叹调一般，能让人反复咏叹，从中获得力量。翟锦写父亲的诗是《写在父亲六十岁生日时》，写农民父亲还在田里辛勤劳动，作为儿女不敢苟活，“父亲　请您相信/我们要让您为儿女骄傲/我们要让乡邻为您骄傲”。这样勤劳且不怕困苦旳父母，其养育的子女，一定会做出成绩来的，我很期待。

诗集中还有一些意味深长的句子，如“如果思念是一杯酒/我干了/你随意”，“每天一万次的浸泡/也不可能/在杯中翠绿//我还是不禁/日夜/用诗歌将自己/揉搓成碧螺春的模样”(《饮茶有感》)。

翟锦的这本诗集，是按写作的时间顺序编排的。我欣喜地看到她的进步。在后半部分，可圈可点的诗多了起来。一些爱情诗，写得简洁动情。以《打水漂》后三节为例，“生活把你以一片湖泊的形式/在我面前呈现/辽阔　深邃　烟雾迷蒙//我把心/变为温热的瓦片或石块/日夜相投//涟漪/可以只属于我的美丽/你就选择永远不回应/只当那略涨的水面/全是我一次又一次的堆积//”。语句深情、生动，意境优美，道出了一个女子的决绝之态。好了，我在这里就不再分析点评了，让读者自己去细细体会。

最后我还想引用翟锦的一首短诗《自白》作为这篇短文的结尾：“请原谅/我还不合时宜地/深爱着诗歌//她注定/是我一生一世的情人//我愿意为她/大手大脚/甚至/头破血流。”这是翟锦诗的自白和宣言，也表示了她的决心，我相信她诗中的爱会越来越有力量，她的写作之路会越走越远。

当红烛投射于明镜

——读赵武松诗歌集《草木之心》

好的诗歌像夏天的闪电一样，在沉闷无风的夜晚，如布匹断裂一声脆响，撕开黑色夜幕，光华闪烁之后，紧跟着是密集的雨点砸向干渴的地表，使得焦苗喝饱，老树吐新，河流涨水，鱼跃龙门。

赵武松的诗歌选集《草木之心》具备这样的精神品质，让人在阅读之余有一种解渴后的快感。当然，这种快感不是大汗淋漓后的冰凉。

武松的诗内容开阔：低处的村庄，流动的城市，生命的感恩，四季的过往，刻骨铭心的亲情，生活中的失落和悲苦……在这些题材的背后，有着感怀生活的重量。如他的《世界对我够好了》一诗："我哭他也哭/我一安静，他也变得安静/我们之间有着某种/不为人知的契合/他总是用含情脉脉的目光/注视我/给我温暖或者清凉/世界对我够好了/我欠他太多，无以回报/只有当他黑下来的时候/我用一双眼睛/为他照明。”在语言平和的表象之外，熔铸着诗人在平淡生活中对生活的感恩之心和乐观的人生态度。

诗的本体是生命，语言的本质是诗。在这本诗集中，作者运用一种“白描式”的手法，让看似平静的叙事语言蕴含着深邃的哲理，让人反反复复咀嚼和回味。如他在《放生》中写道：“父亲将那只养了多年的/乌龟，放生湖中/口里念念有词/那只乌龟，身体沉在水里，脑袋露出水面/无意离开/我静坐湖边，徒生念想：父亲年逾古稀，我也将垂垂老去/多年以后，那只乌龟会在哪里，父亲会在哪里/我又在哪里/我这样想了大约一分钟/那只乌龟/已不见踪影。”这样的叙述，是一种折返心灵的自我观照。又如《大年初七在天河机场》，是一首送别女儿的诗歌：“飞往北京的航班，晚点一小时/我在宽敞的大厅来回踱步/雪渐渐停下来，飞机一架接一架起飞/我的世界一下子就空了/我一抬头，仿佛看见女儿在风雪中/飞翔的模样。”再次唤醒诗人记忆的，不是女儿的背影，而是飞机在空中飞翔的模样。这个时候，承载女儿的飞机，自然成为心绪飞翔的寄托。“飞翔的女儿”，是诗人的精神支撑，也是诗人细腻情感的深深的根。我们完全可以想象，诗人送别女儿，在不见女儿“有形的身影”时，把全部注意力倾注于空中翱翔的飞机，这种移情，是深沉的父爱，于无声处，武松的诗歌具备这样震撼人心的力量。

这些年，诗人写尽生活的繁杂滋味，在沉重的现实感悟中又有着难得的温暖浪漫。如《安全死》一诗：“大白菜打农药/大米含黄曲霉素/奶粉测出三聚氰胺/雾霾散了又来/与其这样/不如选择安全死/不吃不喝不呼吸/干干净净活在地下/至于火葬场的炉灶是否安全/与死者无关。”这样语含讥讽嘲弄某种敏感话题又实则无奈的表述，正是诗人对社会良知的叩问。再看《二愣子》这首短诗：“二愣子读不进书，初中辍学/左邻右舍的人/怀疑他有智障/父母带他去新疆旅游他没有去/大哥带他去吃西餐他没有去/二哥要他把晾在阳台上的被子收回来/他没有去/隔壁的三丫头要他帮忙疏通下水道/他去了。”一个寡言少语的“二愣子”，有着让人感到矛盾的一面：在众多家人和“隔壁三丫头”的心目中，“二愣子”的腿脚表现呈现如此大的反差。个中缘由，诗人没有点破，高明之处正在这里，且让读者自个儿思量：“二愣子”何以成为“二愣子”？如果说家人和“隔壁三丫头”代表两种力量，即世俗与美好的对立，诗歌就让人看到平常生活中一点温暖的亮色。同一事物的两个方面，如大海的暴烈和温柔一样。二者差距越是明显，其艺术的张力也越强烈。诗人深深懂得个中奥妙，在不断的爬高和超越中，张扬了浪漫豪情，也抒写了现实感悟。智慧和诗意的双重表达，是诗人写作的基本立场。读他的诗歌，我常会被他朴素而充满真挚感情的文字所打动，心里升起温暖之感。

“内心的”“审美的”，是衡量好诗歌的两大刻度尺。毫无疑问，这些诗篇是表达情感的重要篇章。他让尘世生活中冰封已久的心灵熊熊燃烧起来，写出艰难中的幸福意蕴，给人以可以触摸的温度。日常生活的际遇，在诗人的笔端，呈现别样的滋味。诗人在《一只风筝挂在树上》中写道：“它被一棵老树揽在怀里/上不着天，下不着地/瘦得只剩一副骨架/它开始反思，为什么要挣脱束缚/好高骛远/它越来越怀想/有人牵引的日子/多么幸福。”

《自述》更是道出了作者的困惑和心酸："我从来没有把自己/当成诗人/在我看来，诗人不过是众多风景中/碍人眼球的风景/我是一个招人喜欢的人/不多言，不多语/没有人知道我在想什么/闲的时候，我就写诗/写着写着就着迷了/不出意料的话，我也将成为/世俗眼中的/一帧风景。"没有顾影自怜，平静的叙述饱含了烈火般的激情。这不是某些诗人所提倡的"零度写作"，而有一丝剑气流于文字底端。

诗歌的尊严不需要依靠来自诗歌以外的"神力"或者某种世俗推动力的恩赐，一切依靠诗人温暖的语言来填充。武松的诗，没有感情枯水期的无病呻吟。早在二十世纪七十年代当知青时，他就开始诗歌写作。无数次在有风听风、有雨听雨的日子，在满地月光、遍地松针的小树林里，他把自己创作的诗歌念给知青战友们听。回城后，他当过民办教师、企业会计、杂志编辑、公务员，丰富的人生阅历，使他对苦难和幸福有着更深的解读。所以，《草木之心》蕴含着他对诗歌独创性和自然流畅境界的执意追求，这也恐怕是其几十年人生追求的再次呈现。

艾布拉姆斯在《镜与灯》的序言中有一段话解释了“镜”“灯”所指明的隐喻意义：“一个把心灵比作外界事物的反映者，另一个则把心灵比作发光体，认为心灵也是它所感知的事物的一部分。”此刻，我想借用艾布拉姆斯“镜与灯”的说法，来表达我品读《草木之心》的审美感受。一面立于墙面的明镜，能如实照见所有角落摆放的明烛，可是明烛一旦燃烧起来，就注定喷射出火焰，明镜的画面将是繁星闪烁一般。在《草木之心》中，诗人武松把他所经历或者见到的过往生活，无论是平淡还是热烈的一页，无论是残酷还是温馨的一幕，通过熊熊燃烧的语言，让人感受到其炽烈的人生情怀。

《风吹着下午》序

第 31 个教师节的这天，收到黄梅诗人黄世昌用快递寄来的诗集稿《风吹着下午》。我答应过为他的诗集写一篇序的。黄世昌是一位乡镇中学教师，1981 年师范学校毕业后就教书，至今有 34 年教龄了。他是一个好教师，先是被评为黄梅县优秀教师，继而被评为黄冈地区优秀教师，后来又被评为湖北省优秀教师，并获董必武教育奖励基金会奖励，其事迹曾被拍成专题片在电视台播出。他后来虽已担任乡镇中学的副校长了，却仍然边教学边写作。在教师节读一个教师写的诗，我觉得意义特别不一般。

黄世昌发表诗歌很早，1986 年我在《长江文艺》就发表过他的诗作。一个乡镇教师，多年来默默无闻地在平凡的岗位上为培育孩子们洒下自己的心血，业余时间坚持写诗，教学与写作都取得了成绩，这是难能可贵的。

《风吹着下午》，收集了作者多年来创作的一部分诗歌，诗集分五辑，每辑以内容或风格来分。这些诗或叙事或抒情，或传统或略有先锋意味，或流畅明朗或略有些滞涩，表明了作者的思域宽广，以及不拘一格和寻求突破与探索的精神。优秀的诗人和诗作，往往风格不拘一种，题材不限一隅，读起来既有鲜明的表达又有晦涩的耐人咀嚼之处。读黄世昌的这些诗，有时很轻松，有时还得费点脑子。我是喜欢读起来轻松些的诗的，像李白的“床前明月光”，但李商隐的“锦瑟无端五十弦”也读。

黄世昌写母亲父亲的诗，无疑是打动人的，他的《好想背母亲晒太阳》一诗，满含了儿子的思念与后悔。在化雪后的暖阳之日，好想背母亲晒太阳，把母亲从冷凉的座椅上背起来，打开抗拒北风抵御冬天的木门，越过半是冰冻的门槛，“好想背母亲来到三面是墙的围场/敞开的一面，正对着无风的丽日/把我们久违的孝心铺垫在面前的软椅上//好想背母亲晒太阳，在母亲身边/再听她唠叨，再握紧母亲干裂的手掌/并幸福地阅读母亲目光的慈祥”。但是心里的计划迟迟没有实施，桌面上堆满了琐事，工作太忙。“想不到，这竟成了永远无法完成的奢望/冬季无期，我们无法砸开坚冰/……我们背后竟是空空的小屋/手里捧起的，已经是母亲的遗像……”子欲孝而亲不待，这种痛彻骨髓的感情能让许多失去父母的子女引起共鸣。

作者在写乡村的许多诗中，都写到母亲，在《任性的童年》中，第一节写道：“往回走/童年的小树尚在/童年的衣裳尚在/荷包里满是母亲凹凸不平的叮咛。”我特别喜欢“荷包里满是母亲凹凸不平的叮咛”这一句，这是可以流传的经典句子。

黄世昌的组诗《写给父亲》，共有18首，这些诗写父亲本人和他对父亲的思念以及在医院陪护父亲时的种种感受，写出了儿子对81岁父亲的情感与爱。在《父亲，您就是一首诗》中，有这样的诗句：“您在春天耕耘，栽满油菜/榨油，榨干了自己/牵着一架一架丝瓜藤/您压弯了夏天和自己的腰身”，这是父亲一生的写照；“我们和绿树，是您排列出的诗行/积善积德，是您永远的诗魂/您是一首田园诗，每一次怀想/都能使我们温暖周身”，将父亲的人格来了一次诗意的升华。

做教师的人，应该是积极向上、有理想有追求的人，这样他才能教育学生追求积极向上。黄世昌 18 岁上讲台，由一名教师干到副校长，且获县、地、省三级优秀教师的称号，可见他是一个积极向上、有理想有追求的人。这样的人写诗，抒发心中情感理想，必定有一股正气，必定是正能量的东西，诗言志也！“可不可以/每一个声音都能成为礼花绽放/并在半空定格成美丽//可不可以/每一个凝望都能成为鸟儿飞翔/在我们的目光里鸣叫出欢喜//可不可以/每一个出发都能到达/每一粒种子都能发芽开花//可不可以/即使跌倒也没有任何伤痛/春天之后还是春天的领地//可不可以，我们拿着遥控器/操控人生，让人生说/你自己看着办，没有什么不可以”(《可不可以》)。一首充满阳光的诗，告诉人们要朝着美好的方向努力，自己把握住自己的方向，没有实现不了的目标。《用心情删除天空的乌云》，从题目看，就给人一种被启示的感觉。这首诗告诉人们，人的心情是能调剂许多事情的，甚至包括自然界的事物所给予的影响，比如暴雨和乌云。“暴雨又怎样？脆弱需要淘汰，/道路需要冲洗，干旱需要滋润，/洒水车有些累，一些积怨/和一些凹凸，/需要雨水踩平。//只要自己不被自己吓坏，/只要日落不耽误日出的行程，/花谢总能迎来花开，你应该学会，怎样用自己的情绪删除天空的雨云。”这首诗要人们永远拥有一个好心情，就如海子所说：“面朝大海，春暖花开。”这类的诗，还有《学会放下》等几首，我就不再多引用了。

《风吹着下午》所收诗歌内容林林总总，十分丰富，我这里只挑两个方面说说，这些诗都是值得一读的。诗不需长，要的是精粹与好句子，要的是让人耳目一新、精神一振的诗句。黄世昌写出了这样的句子，这样的句子是能一句顶 N 句的。

《金口》序

这是一本金口地方中小学生都要认真读一读的书，这也是我们这些从金口地方走出来的游子都要读一读的书。小时候在乡下，金口在我眼中是一个大地方，随大人起五更走一二十里路去金口，金口有砖瓦房有街道有商店有很多人，还有开往武汉的轮船码头，到一次金口的记忆就如现在到一次北京的感觉差不多。

金口是历史悠久的古镇，这里江河交汇，水陆交通发达，物产丰富，有中国水利史上的第一座大闸——金水闸；闻名中外的英雄舰艇中山舰沉落金口江底，打捞出水后建成纪念馆永教后人；爱国军人张轸在金口率部起义，为武汉的解放立下汗马功劳；“左联”五烈士之一李求实生在金口，写下灿烂华章载入史册；25 岁的金口女儿唐义贞为了共产主义事业洒尽热血，唐家还出了大画家唐一禾唐小禾父子，手中画笔绘出革命春秋。

金口人杰地灵，可以写出需要记住的人与事还有许多许多。这本书作为地方教材，编者有选择地编写了 17 篇与金口有关的文章，记叙的人与事，都是我们金口地方的人应该了解与记住的。这些文章内涵丰富，文风朴实，语言简洁明朗，表现力强，传达的都是积极向上的思想。

金口，多么美丽多么亲切的名字，我们从金口走出来的人和现在还生活在金口的人，热爱家乡、关心家乡、建设家乡是必然的和应该的。金口，是我们记得住乡愁的地方。

2015 年 5 月 31 日于武昌东湖

《多带一双眼睛》序

荆州市作家协会常务副主席万华伟邀我到荆州采写一位搞收藏的朋友，由此我认识了李国全。万华伟介绍，李国全写散文，要我为他即将出版的散文集写一篇序。我读完李国全的书稿《多带一双眼睛》后，对散文还真想说一点自己的看法，并结合着李国全的散文说。

贾平凹在西安办《美文》杂志，提出大散文的概念。散文不能只限于杨朔、秦牧、刘伯羽等人的那种抒情述志的散文，每篇文章里面都要蕴含一个宏大的理想、崇高的追求。写事、记人、对生活中的林林总总现象发表议论、读书的感受、旅行的见闻，甚至日记、书信、批评文字、杂感等都可以是散文，散文或称随笔是最能体现出大的含义的，“随笔”就是随手写的文字。

收在李国全散文集中的近百篇散文，从内容看，有亲情纪事、人生行板、寄履天涯、心香缕缕、品味书香、生活哲思等小辑，很丰富全面。这些文章都很短，最长的是写西藏印象的一篇，4000 多字，短的几百个字的有好多篇，像警句语录。这些文章，有议论、有随感、有抒情、有记叙、有描写，是随笔、是杂感、是笔记，属于大散文范畴。

人在生活中，会经历很多事情，会读很多书，会有幸福也会有痛苦，会有成功也会有失败，对生活和世界会有不少感悟。把所有的这些，用文字记录下来，以告诉读者或留给亲人朋友，给大家一些启示，李国全的这本书就是这么产生的。

李国全写人。在《我家的夏妈》中，夏妈是一个退休工人，中等个子，不胖不瘦，一副未语先笑的模样。这是她第一次出来做保姆这行，虽做事不是很麻利，但人蛮和气，有什么事总为东家着想，对孩子也很细心。主家和保姆相处融洽，如亲人一般。后来，夏妈的老伴也退休了，能拿到 1700 元的退休工资。他们两口子的退休金加起来也就3000多元钱，但看得出他们已很满足。这些年，下岗工人的日子过得比较艰难，但从没听到过夏妈他们对社会有过什么抱怨，对诸如社会不公、人情冷漠等现象有过什么微词，或者作什么道德评判，他们也从不眼红社会上的有钱人如何，好像外面世界的风云变幻、纷繁复杂与他们并没多大关系，总是心态平和、知天乐命的样子。他们只在意身边的人和事，待人和气有礼，生活节俭有度，家庭温暖和睦。有空就散散步、下下棋、逛逛超市，留心日常生活必需品打折后的价格。日子过得朴素平淡，甚至有点寒碜，但活得通透达观，淡定从容。一个平常的底层劳动者的人生，知足常乐，是值得我们引以为鉴的。

李国全写亲情，写他儿子小时候的鞠态稚语，妙趣横生，表露出初为人父的幸福与喜悦。父母中秋从广东给远在荆州的他寄月饼，使他回到少年时的中秋月夜，笼罩在亲人团圆的氛围中。父亲晚上的一个电话，母亲在母亲节时电话里的叮嘱，那是千里之外传来的温暖与深情。

李国全写世相，《爱情是一种奢侈》说"爱情像沙漠里的内陆河一样消失”，极言“婚礼是道具是虚假的游戏”，当然这是对于世俗的人群来说的，虽不无偏激但不失现实反思。《谁把你当人》借王朔的“千万别把我当人”说事，诘问物欲横流的社会酝酿着兽性究竟是道德的沉沦还是时代的悲哀。《市井小民》《朋友的幻想》《面子，你有多重要?》《婚姻是一座玻璃房子》《我歌，你可徘徊》等篇什，嬉笑怒骂，亦庄亦谐，情注笔端，饶有意味。他在“生活哲思”一辑中，在《独处的感觉》中写道：“独处追求的是心灵上的怡然自得和形体上的自由自在，或站或坐或躺，尽凭一时的兴致，所做一切全为取悦自己。许许多多的东西是可以分享的，唯有独处时的那份寂寞不能分享。寂寞也是一种心态，有时并不那么令人生厌。当然并不是说寂寞只产生于孑然一身的独处中，有的人即使在一大帮熟人同事中也感到寂寞。但‘感到’寂寞，与刻意营造一种独处的氛围去品味享受寂寞是有区别的，前者是心理上的孤单寂落，后者是为了获得心灵上的松弛和自慰……”他在《平淡的滋味》中写道：“相对生命的斑斓纷纭来说，平淡则是一杯清茶，让你在品茗之际阅尽人间春色。记得有哲人把人生比作河水——开始是涓涓细流，被限制在狭窄的两岸之间。然后热烈地冲过岩石，滑下瀑布，渐渐地，河道变宽了，河岸扩展了，河水流得更平稳了。最后，河水流入了海洋，不再有明显的间断和停顿，而后便毫无痛苦地摆脱了自身的存在。哲人说，能够这样理解自己的一生的人，将不会因害怕死亡而痛苦，因为他所珍爱的一切都将继续存在下去。”这样的哲思，出自作者的体悟，也能给读者以启示。

李国全的这本集子，是他多年文章的汇集，留有许多不同年代的印记。李国全曾经当过记者，有较为宽泛的社会眼光，因此其文章中显现出了一定的思想深度和一种敏锐简洁的文风。他的这些或说情寓理或感怀言志的短小文章，在茶余饭后读读，会是一种不错的消闲方式。

是为序。

2016 年 9 月 25 日于武昌翠柳街

一个乡镇干部的现代诗

当下诗人的写作，比起上一代上两代的诗人，更多了自由、更少了禁锢，真可谓是百花齐放、万花齐放，或者说是这世界上有多少花就开放了多少花。你说不合格律，诗早就不讲究格律了。你说没内涵，什么叫内涵？“毫无疑问我做的馅饼最好吃了”“天上的白云真他妈的白”“我穿过大半个中国来睡你”这样的句子，内涵是什么？但却很快被人记住了。你说有的人的诗是顺口溜，顺口溜也是一种诗啊，而且还能获奖。刚获得诺贝尔文学奖的美国摇滚、民谣歌手鲍勃·迪伦所写的歌词被瑞典文学院的评委们说是“创造了新的诗歌意境”。

所以我说写诗在当今真是没有什么规律，你怎么舒服怎么写，只要不是完全看不懂，只要还是人话，只要是顺自己的心意，说出自己想说的话，说不定哪天就拿到一个什么奖。

在一个秋日有雨的上午，枝江的朋友金明带了一个青年人找到我。青年人拿出一叠即将出版的诗稿给我，请我写序。看这青年人的履历，17 岁当兵，19 岁入党，21 岁转业到公安局工作，30 岁在枝江市某乡镇担任副书记或副镇长。这是一个经过党和军队这个特别学校培养出来的，根正苗红的优秀“70 后”青年干部，他能写出什么诗来我是可以预见的。他在部队时就写诗，那写的应该是军旅诗或者是枪杆诗；他回到故乡干公安工作和在乡镇当干部，他写的诗肯定是关于乡愁、乡村及土地等的。

但是当我读完他的全部诗集稿之后，我发现我错了。这位青年人的笔名叫六叶枫，他即将出版的这部诗集名为《残味亦香》。“残味亦香”也是他的博客名，而这部诗集中所选的诗，也都在他的博客上发表过。我读了诗集中的 230 多首诗，没有我原来预料的那些枪杆诗、乡土诗，甚至连写具体的人、事、地方的诗都没有。这是一本写诗人心灵感觉的诗，像水面的风像林中的雨像山中的岚，飘荡空灵而又摸不到抓不着，读者只能用心去体会去捕捉去感受，去悟出个所以然来。他的诗与上一代上两代的诗人们的具象描述、抒发明白的情感的诗大不相同，是一种意象的、朦胧的、不同的人能读出各自的诗意的诗，这是当代诗歌中重要的一种。

六叶枫的诗，不太好具体地评价，我把他诗集的九辑的题名排列一下，即可见出他诗的风格："划过一阵呼吸　就是遇见　就这样被你征服"，"听风的话　看风的颜色　找枫叶的故事"，"被点缀的谎言是上天恩赐的一种美丽的归宿"，"把日子过成诗　雅俗同隽　把梦换成文字　悬于指间"，"唯视线传递心音　死在你手里当是一种涅槃"，"禅之味　磨砺在牵挂中　一念奢望的过程"，"花开的声音不用描色　我在季节的角落等候"，"长大的幸福值在七月　与天堂之间渲一道彩虹"，"容不下的记忆　燃烧岁月　渎于矸婪花开"。《残味亦香》的九个专辑名，像是九道彩虹，已经够好看的了；彩虹里面的内容，可能有人认为好看，肯定也有人看不下去。所以我在本文前面说到，当代诗歌的风景是尽展风流，每一种花都在自由地开放，只要花没有毒，就有蜜蜂来采，就有游人来欣赏。

我可以告诉朋友们，我花了近一天的时间读完六叶枫的诗集，我是读出了一些味道了。这是一束新鲜的花，这些花乍闻没有味道，继而有异香溢出，接着这异香愈来愈浓，令人欲醉。但可以放心的是，这些花是没有毒的。

六叶枫的这些诗在他的博客上发出来时，据说其点击率还不低。我在这里不再去分析这些具体的诗了，我只是向朋友们推荐这本乡镇干部写的现代诗。

是为序。

2016 年 11 月 1 日于武昌翠柳街

一抹乡愁在古桥

“一桥飞架南北，天堑变通途。”毛泽东的诗句气魄宏伟，豪放雄浑；“枯藤老树昏鸦，小桥流水人家，古道西风瘦马。”马致远的小令意境幽深，自然疏野。湖北人张继的《枫桥夜泊》四句诗，留下了一个知名的景点。“桥是土地与土地的联系，桥是河流与道路的爱情，桥是船只与车辆点头致敬的驿站，桥是乘船者与步行者挥手告别的地方。”当代诗人艾青的《桥》隽永优雅，系中国新诗的经典。古今四位诗人写的与桥有关的诗，给读者多少美的享受。

中国是一个多桥的国家，自古以来，在江河港沟之上，建了多少座桥？恐怕是一个无法统计得清的数字。

从传说中鲁班将从山上采的石头变成羊群赶到河边，再变成石头一夜修好赵州桥开始，到今天的长江大桥、海湾特大桥，已有1500多年历史。而我在网上搜索，关于中国桥的传说故事、诗词歌赋、楹联成语，更是数不胜数。有一副对联是：缩千里为咫尺，联两地成一家。联中并没桥字，但却写出了桥的巨大作用和文化内涵。2015年是抗日战争胜利70周年，而中国的全面抗战就是从一座桥上开始的。卢沟桥啊，这是中国人民永远不会忘却的地方，这之后，中华民族陷进了8年血与火的战争，几千万生命遭到涂炭。

一个桥字，有多少话题可以展开，能写出多少诗文，桥，是历史，是文化，是一个时代久远的纪念。而我对于桥，有一抹浓得化不开的乡愁。

武汉市江夏区文化局要出版一本《江夏古桥》的画册。翻看了搜集到的江夏全区目前还存在的36座古桥的图片，我看到山坡街南桥上斑驳的条石，想象着当年茶马古道的繁盛，车辚辚马萧萧，一车车一驮驮的茶叶自羊楼洞运出，走过南桥，远行千里去欧洲，历史的沧桑感化作流水从桥下奔流而过。我看到五里界的新庙桥，这座清代的古桥是江夏36桥中年纪最小的，是真正的“小桥”。在一片翠绿的小草杂树之中，一条小河沟淌着清水，水上有一座由两块条石搭成的桥，跨度1.5米，只有4尺5寸，是人们一脚就能跨过的小河沟，却也有这座历史几百年的桥。这里小桥流水，碧野无垠，尚未被工业文明污染，留着一些乡村野趣，还有游子淡淡的记忆和无尽的思念。

我出生在江夏金口街乡下，金口是古镇，而我生长的乡村是湖区，有河港渠沟，也有桥，但没古桥。36桥中金口街只有一座五枫桥，建于明代，现在却被人家做到房子下面去了，可惜了。我老家范湖一带的桥，都是1949年后建的，我少年时在河沟里捉鱼，在小桥下的水里游狗爬式，故乡的河沟故乡的小桥，给了我童年多少乐趣和欢喜啊。

江夏区文化局做了一件很有历史意义且功德无量的工作，给全区各地尚存的古桥作了一个统计，为它们建立了档案。36座古桥，开辟了36处可供游人观看的景点，也保护了36个有价值的文物。这个工作假如迟几年做，江夏的古桥就可能只剩下20座或十几座了。要知道在如今大建设时期，毁掉一件文物一座古建筑是很容易很平常的事，何况这些留在乡野之中的古桥？你这么一登记在案，他就不敢随便毁掉吧！

中国城镇化建设日新月异，大量的农民进城当了新都市人，但是进城的农家子弟总忘不了故乡。故乡的山故乡的水，那山上的树那水边的桥，留下了我们多少乡愁？江夏的36座古桥，静静地蹲在那里，远望着从它们身边走出去的子弟，给他们传递着故乡的关爱。

啊，江夏古桥，那不仅仅是一处处旅游景点，也是一抹抹浓浓的乡愁。

氤氲在水面的乡愁

望得见山，看得到水，记得往乡愁。山区的乡愁在山林间缭绕，水乡的乡愁在水面流淌。监利傍长江，依洪湖，监利人王毅的散文集《故道情思》所抒发的一股浓郁的乡愁，在他故乡的水面上氤氲，绵长又悠远。

监利籍作家记者易飞介绍我认识了王毅，我后来在《芳草·潮》上发表了王毅的一篇散文《不归的夜航》，这是发生在监利县境内长江水面上的一场令国人断肠的自然之灾。2015 年 6 月 1 日，“东方之星”号游轮沉没，442 条鲜活的生命沉没在监利江面的大马洲。作者在抢救现场，用相机记录下许多令人感动和落泪的场面，然后又用笔写下这些场面。监利百万人民，在奔行车辆的车窗边、行走的人的手臂上，都系上了救援的黄丝带，大家参与救助，无私地拿出物资，献出温暖和爱心。“黄丝带，传递的不仅仅是祈愿与祝福，不仅仅是怀念与抚慰，更多的是血浓于水的真爱，是手心相握的力量，是人间炙热的温度。”

监利，是老苏区，一曲《洪湖水浪打浪》让人永远记住了赤卫队、苏维埃和大刀梭镖。过去洪湖是属于监利县的，现今的洪湖市是1951年才先设县后改市的。王毅的笔下饱蘸激情，记叙了1928年贺龙登上监利观音洲，化装巧入团防队上演“贺龙借枪”，领导监利、石首、公安、沔阳、华容等地民众举行年关暴动，大年初一杀土豪，分发粮食接济穷人，组建工农革命军第49路军。

在当年的洪湖游击战争中，监利有10多万名群众参加红军，有6万多名英雄儿女血洒洪湖。周老嘴，是监利的一个小镇，湘鄂西红色首府；白螺观音洲，是贺龙建立洪湖根据地打响第一枪的地方；而汪桥，是一个小镇，中国工农红军第六军诞生于此，贺龙、周逸群、段德昌、许光达等革命者的旧居供后人瞻仰怀念。

王毅还深怀悲愤地写了33岁的监利人崔琪的事迹，

这位中共湘鄂西临时省委书记、湘鄂西苏维埃政府主席，在国民党10万重兵第四次“围剿”中杀出重围，身负重伤，不幸被俘，被敌人杀害后头颅悬挂在华容县城门之上。“九月的秋风吹干了头颅上的血迹，但远远望去，黑洞洞的瞳孔里依然射出一种犀利的光，宛如头顶上光晕强烈的太阳，令人炫目。血腥的头颅示众了整整三天，没有威慑成过路的百姓，却播撒了愤怒与仇恨的种子。”“崔琪的头颅面朝东方，那是朝阳蓬勃升起的方向，那是洪湖水浪打浪的方向，那是红旗漫卷红星闪耀的方向。”

在关于老苏区的一组散文中，王毅最后一篇写的是周老嘴老街上的血色记忆。湘鄂西苏区中央局书记夏曦执行王明的“左”倾路线，把湘鄂西苏维埃财政部部长柳直荀等100多名革命同志打成改组派，秘密杀害于周老嘴璇台观前的土坡边。毛泽东的诗句“我失骄杨君失柳”中所说的柳，就是柳直荀。这些革命志士没有倒在敌人的枪口下，却屈死在“左”倾路线的屠刀下，这是共产党人血的教训啊！

除了老苏区那些血与火的悲壮纪事外，王毅散文集中的其他作品大多也是写的监利，监利的人文地理、历史掌故、风俗人情，无一不在他的笔下娓娓道来。监利的名人事迹，有屈原行吟离湖，对伍子胥故里的考证，明代裴纶书香千里，晚清朱材哲外放台湾制蜜饯，还有近现代人物“遐爹”王遐举，被人称作“华夏书豪”。这些人是监利的文化底蕴，是监利的人文脉搏，是监利后人引以为光荣、学之以目标的楷模。

王毅的散文中有一种水的成分，他写长江洪湖，我们听到水声浩荡；他写人物景物，虽说有的没有写到水，但从那文字、韵味及情感中，我们也能觉出那蒸腾的水汽。水使大地滋润温婉，水也能使文章滋润温婉。

在《故道情思》集子里，还有写故乡的小吃、写长江故道的风景、写1998年长江发大水时群众抗洪抢险的场面、写外公经历的一些篇什，都可以细读细品，这里就不一一介绍了。

诗人余光中说散文是作家的身份证，小说家昆德拉说散文才是生活的真面孔。王毅长期生活工作在监利，一直在做新闻报道工作，他对监利地理人文的熟悉，他对监利社会经济的发展的了解，使得他写起监利来得心应手。每个人都是热爱家乡的，对家乡的一草一木、一山一水，都是满贮着情感的。他们写起家乡来，字字都有情，句句都有爱，都是浓浓的乡愁。乡愁在山乡，乡愁在水面，乡愁在四方回荡。

《故道情思》是王毅的身份证，《故道情思》是王毅的真面孔，《故道情思》是王毅氤氲在水面的乡愁。

2016 年 10 月 31 日于武昌翠柳街

时间煮雨的诗

彭春霞的网名叫"时间煮雨"，我对这网名所含意义不甚理解。让人不甚理解或许也是一种追求。彭春霞是大别山区罗田县的一位初中语文老师，第一次见到她是朋友介绍她到武汉找我，说她是一个诗歌作者，要向我求教。匆匆一见，感觉这女孩开朗大方，漂亮且会打扮。第二次见她是在黄梅老祖寺的禅文化笔会上，通过两天的观察交往，我对她的印象在第一次的基础上，又多了聪慧与活力。后来有一天，她从微信上发来她的学生答的两份卷子，卷子上的题目是对《我们在草地上数星星》一诗的诗意理解。这首诗是我30多年前写的，初中语文辅导教材一直在用(当然没有通知我，也没付给我稿酬)，卷子上她学生的答案很优秀。在微信里，她说她当着学生们的面讲：“这是我的老师写的。”

我就这样被“时间煮雨”称为老师了。

这样的一个学生，要出一本诗集，请我给她写序，那是不能推脱的。

彭春霞的诗集有一个副标题：“情感诗128首”。

诗本身是情感的产物，情感虽都源自人的心灵，但种类繁多，有消极的积极的、低沉的向上的、虚假的真挚的、悲哀的喜悦的，还有亲情、友情、爱情，或者是几种情感的复杂交织。用诗歌表达情感，大抵是要抒发美好的、积极的、向上的情感，如果诗歌里面是虚假的、低俗的或者是垃圾情感，那是没有价值与意义的。

“70后”或“80后”的女孩，基本上过的是平安日子，没有饥饿痛苦等切身体会，她们的诗一般都是写的锦绣年华、阳光灿烂，写爱情那也是冬暖夏凉、春花秋月，现代点的，写自我感觉或唠唠叨叨或抽象晦涩，没有我们老一代的诗人那种使命感和责任感，写得自由自在。

彭春霞也属于这类年轻人，但她的诗离她的生活环境与人群很贴近，充满阳光，没有唠叨没有呓语和穿过什么去睡什么的东西。她的这种诗，可能更让大众读者接受，并且好理解，因而传播面就要广大得多。

彭春霞的 128 首情感诗的情，可分三类：爱情、亲情、乡情。按比重分，90%写爱情，剩下 10%才是亲情与乡情。

说好了紧紧携手
说好了不再回头
你的脚步渐行渐远
春的情意早已覆盖枝头
花开花谢四季
我只深情对你
虽不采撷
只想挽留……

（《忆春》）

不记得某月某年
雪花飘逸的夜晚
坐在村头的小河边

夜很远很远
你我那么近
听到彼此心跳加快
没有多余的话
你的拥抱如此甜甜
我紧紧不愿松开
远处
一瓣雪在空中的容颜
好浅好浅
重复了多少遍的诺言
终究抵不过
岁月的磨洗和掩埋
风儿还是代替你
说出了再见
多想最后看你一眼
就一眼
你的背影已消失在
茫茫夜色间
我的眼泪在打转

一滴落在手心
冰冷冰冷
另一滴挂在
你刚刚吻过的脸上

（《那个夜晚》）

花在哪里
叶就在哪里
你在哪里
我就在哪里

（《花和叶》）

彭春霞的这些爱情诗，是一种尽情的倾诉，心中有情，不藏不掖，和盘托出，时而急促，一句紧跟一句；时而舒缓，不急不忙，说得清清楚楚。“思念如酒/愈久愈稠”(《思念如酒》)，像这样的诗行，有不少，这里我摘几句我特别喜欢的：“你不来，梦缺了一角/你来了，梦就圆了”，“此刻，我让晨曦/妩媚了整个村子”，“赤着脚，我踩痛了脚下的沙”，“我无法将自己丰满成一道/

供你欣赏的风景”。诗人写诗如果没有几句人们喜欢的句子，也是悲哀啊！艾青有“为什么我的眼里常含泪水？因为我对这土地爱得深沉”，海子有“面朝大海，春暖花开”，顾城有“黑夜给了我黑色的眼睛，我却用它寻找光明”。

除了爱情诗，彭春霞的诗中还有一些写她儿时乡村生活的乡情诗，写她的妈妈、婆婆、女儿和她所教的学生的亲情诗。

这首写女儿的诗很俏皮。

你若不停地闹
我便不住地笑
宠你的感觉很美好
既然前世做了
爸爸的小情人
今生就当我的小棉袄

（《宝贝的天空》）

一首《婆婆的手》，刻画出了婆婆劳动者的形象、作者对婆婆的尊重和婆婆对媳妇的爱。

婆婆的手
有深深浅浅大小不一的裂痕
这次病愈后
有几处似乎撑开了
一道道坎坎沟沟

像门槛般的粗糙
却稳稳当当
将一碗鸡汤熬成了岁月悠悠
好评如潮
我总是笑着对您说
好吧
媳妇儿熬成了婆婆
婆婆似乎又熬成了保姆

彭春霞的诗不论写爱情还是乡情、亲情，使用的手法大致是倾诉与诉说，很朴实，没有什么很新奇很现代的手法，这是作者的追求，也没必要都去追求现代和先锋吧。

以上是边读边记的几点想法，权当是序。

2017年10月10日于武昌翠柳街

《爱在左情在右》序

第一次见到陈国莉是在七年前，那时我在《长江文艺》当主编，发表了她的一篇散文《启封的日记》，这是她在省级文学杂志发表的第一篇作品。当我们后来交往多了一些时，我才从侧面了解到她十七岁考入军校，是个小女兵出身。我退休后收了几个文学弟子，陈国莉就是其中之一。

如今，陈国莉要出版她的第一本散文集，我要给她的这本书写点文字。

《爱在左情在右》收录了陈国莉的五十篇散文随笔，分六辑编排，每辑偏重一个主题。她选编得比较严格，除了第六辑中有几篇是她后来调任主办《湖北烟草》所写的卷首语外，其余都是或情真或意厚或抒情或记事或写景物或写读书的文章，读来都有嚼头。

在所有的文字中，只要是写到亲人、战友、朋友的地方，陈国莉笔下都流淌着浓浓的情感，令人不感动都难。陈国莉写了父亲、母亲、外婆、奶奶、丈夫、儿子、女儿，这些是她的直系亲人，她与他们有血肉的联系。

《古道上的背影》是写父亲的。当父亲知道女儿患重病后，在海口退休的老人立即飞到武汉，找医生询问病情，商量手术方案，在听医生讲解手术时，“我见他拿着病历的手有些颤抖”，“如今，看着这双曾经拿着枪、打过几卡车子弹、绑着沙袋射击都不会抖动的手，竟然拿着几张轻飘飘的纸都不停地抖动。我抬头再望一眼父亲，顿时觉得他一夜间苍老了很多，此时坚强的父亲眼里正噙着眼泪”。在陈国莉的印象中，父亲只落过一次泪，那是奶奶去世的时候。当时，父亲正受命在荆州抗洪抢险任副总指挥，在灾难面前，父亲忠孝不能两全，他落泪了。今天父亲在爱女的病前，再一次落泪了。在化疗期间，为买女儿喜欢吃的片皮鸭，老人每次都拖着一条屈伸艰难的腿排上一个多小时的长队，然后打车来到医院，又在一楼大厅慢慢挪动脚步等电梯到病房。逢着下班乘车高峰，在路上站了几十分钟还拦不到一辆车。想着老人在外乘公交、坐地铁、排长队、等电梯的模样，真难为他了啊！在女儿的恢复期，老人每天必是要打来几个电话，或是问吃饭情况怎么样，伤口疼不疼，或是问心情好不好。只要听到女儿不经心说到哪里不舒服，他就会想方设法查阅资料，在微信里给女儿发送一条又一条养生方法。陈国莉出院后回故乡，在故乡的古道上，父亲走在前面，见女儿病后体虚走得慢了，便一次次停下来等她，并说："女儿，慢点，有老爸等着！"跟在父亲的身后，陈国莉感慨万千，看着父亲那稀疏而又花白的头发，那渐渐老去不再显得高大的背影，她禁不住泪眼蒙眬。朱自清曾写过《背影》，陈国莉这里写的背影与朱自清写的那个背影有异曲同工之处，那就是写出人间的大爱：父爱如山。

除了父亲，陈国莉写母亲、外婆、奶奶、丈夫、儿子和女儿，也是满篇洋溢着深情与爱，她是一个多情的女子。而深情，注满了这本集子的每一篇章。情感是散文写作的第一要素，这一点陈国莉把握得很好，而且也发挥得很好。

我再谈一点陈国莉散文的写作特色，那就是注重细节的运用。在小说创作中，细节的运用十分重要，莫言说用一个细节他可以写一部短篇小说，用两个细节他可以写一部中篇小说。在散文写作中，有时一个细节能使一篇平庸的散文变得亮光闪闪。在《信封里的关爱》中，信封里装着的两张从报纸上剪下来的抗癌剪报是一个细节，《迟到的吉他谱》中的吉他谱是一个细节。在《金镶玉的人生况味》中，主人公深爱的出嫁时母亲给她的玉镯断成两半，刚好她被检查出女人最不愿意患的病。想到自己如这断玉，她心里十分沮丧。在化疗阶段，母亲陪着，老公不在身边，她抱怨老公不体贴。老公气喘吁吁地来了，她背着身，不去看他。突然，她感觉手上一凉，低头一看，竟然是她的那个玉镯，不，又不是，在断裂之处镶上了金箔，鲜艳的黄色衬着翡翠的透明，异常和谐。老公解释着，因为和师傅说好，赶在今天一定要做好，他一直守着，做好后立马就赶过来，相信它一定会带给妻子好运。这个金镶玉是一个好细节。在《逆袭考级》中，儿子对母亲提出了一个要求，在上大学前要听妈妈用钢琴弹一曲久石让的《summer》。为此，母亲特意请了钢琴老师，勤学苦练，最后在儿子考上大学离开武汉前的一个晚上，给儿子弹奏了《summer》，还有《童年的回忆》《水边的阿狄丽娜》。这一份给儿子的特殊礼物也是一个好细节。

散文既可叙述、描写，又可议论。陈国莉的散文中的描写特点就是细腻，不论是《斑克的命运》中对那只小乌龟的描写，还是《大作家与小生命》中对蜜蜂、三叶草、蝴蝶的描写，都十分生动传神。在《看花记》中，对小可爱、对惠老师、对看樱花人群的描写都十分精微。而描写得细致传神，则是作者细心观察的结果。

爱在左，情在右，这爱是对亲人朋友的爱，对生活的爱，这情是对生活的热情，对自然与亲朋的深情。陈国莉是一个热爱生活的人。我们只有热爱生活，心中充满阳光，才能写出情深意浓的文章。

2017 年 10 月 13 日于武昌东湖

诗意与意味

我是一个搞文学的人，写诗出身。在诗人眼中，一切艺术品都应该有诗意和意味，无诗意和意味的艺术品，就会干巴、呆板、凝滞，缺少灵动、活力与生命。我们看了太多这种所谓的艺术品，它们只是一种传达信息的手段，是一种再现。这类作品只是记述事实、描述故事情节等，按照英国著名视觉艺术评论家克莱夫·贝尔的说法是："它们称不上艺术品，它们不能触动我们的审美情感，因为感动我们的不是它们的形式，而是这些形式暗示和传达的思想和信息。"(《艺术》)

蔡泓秋是一个搞美术的人，学油画出身。蔡泓秋又搞摄影，读她的摄影作品，取材虽日常却独特，有一种影像艺术家的眼光，其构图取景自有油画家的功夫。这是一种学养所致的结果，学养决定艺术家创作的成败。

我读蔡泓秋的部分摄影作品，初读，那远山那近水，那弯弯的路，那农舍的烟，那静谧的花，那奓煞如千手观音的树枝，林林总总，虽是黑白照片，但那造物主创造的丰富与多彩，尽收眼底。我没有立即去领会这些作品在表现些什么，它们的意蕴何在，我得慢慢去品，去发现(阅读艺术作品需要阅读者的眼光与耐心)。我二读，我三读，用自己的眼睛去读，用自己的心去体会，我读出了这些照片中的深沉诗意和无尽的意味。

照片"梯田层层"立即让我头脑里有一道诗的闪光，我读到了如此的诗意：

大山脸上一道道皱纹
人类的父母是大地
日精月华吸收体内
然后就默默滋养
树木山石和我们
皱纹里都是粮食

照片“将欲歙之”上是两个老树蔸，从那密密的和张开的裂纹里，我读到的是哲理。“将欲歙之，必固张之”是老子《道德经》里的话，是说一个东西要把它收紧，必定先使它放大。一棵大树，一天天地生长啊，尽心尽力长大成材，张开一片绿荫，美化这个世界。当树大了，成材了，绿过了这个世界，最后留下了一个紧缩的树蔸，上面有一片伤痕和断裂的年轮。可是别懊悔哀叹，它已作过了它的贡献，有过它的繁华，它问心无愧。这两个老树蔸，是值得我们尊敬的，它是我们勤劳辛苦的父母的写照。看到这两张照片，我想起了罗中立那幅著名的油画《父亲》。当然也会有人从这两个老树蔸中读出另外的意思，这是完全可能的，优秀的作品从来都有不同的解读。

我在蔡泓秋“山行”系列的摄影作品中，看到了许多条路，这些路在她的黑白照片中，都是一道道白色的痕迹。它们有的直直的，有的略弯曲，有的连绕几个大弯，有的穿过沙漠，有的穿过茵茵草地，它们的延伸方向都在前面。大地上有无数的路，有路的地方就有人，有人的地方就有生活，有生活的地方就有诗。诗和远方，是人类的追求。

我在“行行重行行”中得到的诗是：

山里的路是一根长绳
牵住行路者的脚
行行重行行
翻过岭越过梁
行行重行行
我的梦在远方

蔡泓秋的摄影是有追求的，她说：“寻找一种内心的寂静，试图去展示景物的本质而非外在。”这是她的艺术宣言。看来她在摄影中是不屑于照相的，没有内在蕴意的图片是照片。她是要在每一幅作品中展示事物的本质，要在作品中表现自己的发现，让读者从她的作品中读出诗意和意味来。

这是真的艺术家。

2017 年 10 月 18 日于武昌

《我对风的请求》序

中国新诗自诞生至今已经有一百年了。自胡适领头写白话诗以来，新诗到底怎么写？谁也说不出一个标准的答案。一百年后，诗坛流派纷纭，旗帜林立，山头众多，诗歌理论家各据山头，摇旗呐喊，只可惜除了各自山寨的几个人外，应者寥寥。现今诗坛的悲哀在于老百姓读者不读那些知识分子写作或民间写作的诗，因为那诗离他们的距离太远。老百姓要读的是诗句好懂、诗的内容能理解且能引起共鸣的诗，这些诗必须贴近生活。

朋友推荐来准“90后”作者丁一的诗集《我对风的请求》，嘱我写序。我读了这些诗，突然间就有了管你是知识分子写作还是民间写作，我只管自己的写作的想法：

我有了感受就抒发，我说人人都懂的人话，不说故意去装扮的鬼话。我用我的文字把我想说的话写下来，这就是我的诗。在中国新诗第一部诗集《尝试集》中，胡适写道："两个黄蝴蝶，双双飞上天。不知为什么，一个忽飞还。剩下那一个，孤单怪可怜。也无心上天，天上太孤单。"

胡适这诗不好吗？我说好，说得大家都懂。丁一的诗我读起来有一种早期白话诗的味道。"太阳生气了/变得调皮/偷偷地躲进了云层里//……因为人们还要生活/有的要去上班/有的要去卖菜/有的还要去上学/总不能因为太阳闹情绪/大家就什么事也不干"。你看看这诗句，白话，但白话里有意义。这首诗的题目叫《太阳生气了》，我只是从语言的角度引用了其中的部分句子，而此诗的结尾是："太阳就像一个娃娃/需要疼爱/更需要关怀……"意蕴悠长。

《我对风的请求》是作者的第一部诗集，收录了作者2012年以来的诗作，是作者对生活、生命、爱情的理解、探索和思考，是用诗的形式对个人生活、情感的记录。

这些诗中有的是对事物的品评，有的是对人生的探究，有的是对生活的憧憬，有的是对未来的期待。文以载道，诗以言情。作者走上社会后，发现身边的许多年轻人由于人生观、爱情观和价值观的不同，对就业、生活、婚姻、爱情、择偶、择业、选择生活的标准不同，而表现出了不同的态度。作者结合自身情况，感到每个人的自身条件是不一样的，任何人自身条件的优劣也是相对的。想拥有美好的生活和未来，既不能靠天赐，也不能靠父母创造，应该靠自己奋斗。在《我对风的请求》一诗中，作者采用拟人的手法，以人与风对话的形式，写出了作者对爱情、知识、金钱、健康的追求，最后风说："我能给你的/就是为你鼓劲/看着你通过自己的努力/走向成功"。《遥望幸福》一诗，是有一次偶然的机会，作者看到了电视上关于武昌火车站春节期间人满为患的报道，产生了灵感，他注意观察进城务工人员回家的情景，以联想和展望的方法创作出来，抒发了作者的悲悯情怀，揭示了一些社会现象，表达了期望这些社会现象得到改善的想法。

诗人应该感情丰富，有爱心，热爱生活，崇尚自由，在生活中思考、学习、提高，用自己的思索，用自己的爱心，用自己的情感去面对生活，面对生命，面对社会，面对世界。

丁一的诗语言朴实，贴近生活，有思想内涵，值得一读。

2018 年 6 月 11 日于武昌东湖

《中国赏石文化》序

孙智早年写诗，后来不是那么狂热，但一直在写，出版过好几本诗集，2015 年出版的《诗意神农架》，我还在诗集的扉页上与几位诗人一起给他写过推荐语。诗，他还在写着，没有放弃。他的诗写得旷朗清丽，诗意氤氲而明白。

孙智童年生活在乡间，当过兵，参加工作后从事保险行业，从基层做起，从宜昌做到武汉。由于他在业内的成绩，如今已是中国人保财险湖北分公司的专家。《保险推销学》《三峡工程保险探索与实践》《诠释工程保险》《保险营销管理论》等九本保险行业的专著，他写出来并且出版，在保险行业内产生影响，是能说明他的业务实力和理论水平的，这种实力与水平，也说明他的敬业勤奋。

忽然有一天，他拿了一部赏石文化专著的书稿，要我写序。我心中想：赏石，不就是玩石头吗？我的朋友圈中有好几个喜欢捡石头的人，我家中还有他们送给我的石头。又想：你个孙智，写那么多保险专业的书，业余写诗、写书法、画画什么的，爱好够多的了。玩石头，还要上升到文化的高度，写玩石专著，我倒要看看你把这石头怎么来用文化包装一番。

待我把这本《中国赏石文化》翻读一遍之后，就再也不敢轻视玩石头这事了。石头里面的学问可大呢！赏石有文化，这文化还很深，可成为一门中国赏石学。

孙智的《中国赏石文化》洋洋三十万言，全部书稿侃侃而谈二十章，从岩石为地球之精骨、自然与文明之承载谈起，界定赏石文化的概念与特征，再论观赏石的基本特征与评价标准、观赏石的价值和赏石的作用、赏石的基本过程和方法、观赏石的分类。第七章进入中国赏石文化的论述，介绍了赏石文化的历史、对世界的影响，石崇拜，石文明，赏石文化的源泉，中国乃“石的国度”。

接着，记叙历史上有记载的中国赏石文化名人，从和氏璧的卞和到帝王中喜石者、文人中爱石者，娓娓道来。第十六章写砚石文化与印石文化，第十七章写石与中国文字、文学、绘画、石刻的关系，第十八章写石与儒道佛的关系，第十九章写历代留存下来的有关赏石文化的著述，第二十章是作者对赏石文化的反思与展望。全书二十章，条分缕析，面面俱到，形成一个比较完整的体系。

我把孙智的赏石文化书稿章节介绍了一下，不能去详细列举其论述。这里只提一下他对赏石文化与中国诗歌、赏石文化与中国小说的论述。在中国诗歌中，从《诗经》开始，历朝历代，许多诗人写到了石头，如程师孟、李白、白居易、李贺、杜牧、米芾、陆游、苏轼、杨万里等，明代于谦的那几句脍炙人口的诗句“千锤万凿出深山，烈火焚烧若等闲。粉骨碎身浑不怕，要留清白在人间”，更是写出了石头的境界与精神。在清代、近代和当代，都有不少写石头的好诗。中国石头与诗歌有共同的诗性。作者在书中罗列出一些精彩的诗句，使石与诗相得益彰。赏石文化与小说的关系，孙智没有多举例，只说了国人尽知的中国古典小说四大名著：《水浒传》《三国演义》《西游记》《红楼梦》。梁山泊一百零八将原本是天上星宿，被石头压着，洪太尉移开了石头，一百零八将方能下凡撼动宋代江山；《西游记》中孙悟空就是石头变的；《红楼梦》本来就叫《石头记》，贾宝玉颈上的那块通灵宝玉是女娲补天遗石；《三国演义》中刘备孙权砍断恨石等。除四大名著之外，中国古代小说中写石头的恐怕还有许多。

《中国赏石文化》写出了赏石的文化来，我在翻阅之后，再不敢轻视玩石头这事了。捡石头，藏石头，是一种文化追求。孙智捡石头、藏石头已有几十年，之前还出版过一本《三峡工程江底观赏石》画册，一本《和氏璧家族——三峡玛瑙探奇》的书。而写作《中国赏石文化》，则用了十六年。十六年里，孙智读了许多书，查阅了大量文献，吸取了古代的赏石家和当代众多赏石家的研究成果，勤奋写作，反复修改，数易其稿，方得以完成。

孙智和我是朋友，我们相识于 1985 年春，交往三十四年了。当年他在《长江文艺》杂志发表诗作，我在这家杂志当过主编多年。我们是君子之交，不繁密，也不疏淡。我一直认为孙智是一个认真的人，伟人毛泽东说世界上最怕"认真"二字。孙智认真几十年，出版了三本诗集，出版了九本保险业专著，连《中国赏石文化》在内，出版了三本赏石专著。孙智的认真、勤奋、锲而不舍，使得他的专业生活和业余生活过得充实，都取得了成就。

读了孙智的赏石文化书稿，我看我家里朋友送的几块石头，也看出文化来了。

2019年3月29日于武昌东湖翠柳街

《辽阔的白是我的》序

我在《长江文艺》主持编务时发表过蔚霑的诗，退休后受邀主持《芳草·潮》编务时，又发表过蔚霑的两组诗。我多年前在一次黄冈的笔会上见过她，但没有什么印象。我们当编辑的，看到好的稿子，不管作者是谁，能发表就一定发表出来，这是职业使然。爱职业爱好稿爱作者，这是我一辈子做编辑的信条。

蔚霑让我为她新出的诗集写序，我答应了。

诗有种种。把心中所思所想用语言表达出来，语言有节奏、有张力、有蕴意、有个性，我想就是诗了。有忧国忧民、振臂高呼、铜琵铁琶的诗，有清新秀美、幽深安静的诗，有叙述日常、与人谈心、娓娓道来的诗，有喜悦的诗、痛苦的诗，有爱之切的诗、恨之深的诗。种种的内容，种种的表现手法，形成了诗坛的万千气象。

蔚霴的诗是什么样的诗？她的诗的表现手法是什么？她的诗的内涵是什么？当我们把她的这本诗集读完，她的诗的内容和手法也就一目了然。

先说内容。蔚霴的诗，是当下中国一个普通的、带点小资情调的、有一定文化水平的女人，对她日常生活的记述，表现的是当下中国人的和平、温馨、小康的太平景象。中国人生活安定无虞，没有战乱与危机，这无疑是正能量的表现。

操场边，一个小女孩蹲着
安静地注视一棵破土的草
这是刚刚开始的春天
她身后有一片开花的油菜地
三只蜜蜂飞过来，围着她
边歌边舞，像是赞美新生活

——《三月》

两个小孩，在水塘边
一边击掌
一边吟唱儿歌
不一会儿，又玩起了
捡石子，打水漂
笑声，惊起行行白鹭

——《两个小孩》

不需要再多引用了，随便挑选一首，都是对日常和平生活的一种赞颂。

再说表现手法。先排除现代主义。现代主义是西方文学手法的一个变种，结构美学、阐释学、新批评等理论，提倡的是一种复杂性、陌生化、含混性、朦胧感，给读者造成阅读和理解方面的困难，增加了许多交流的难度。蔚霴的诗，语言朴实，生活化、口语化，读来畅朗明白，但又不流于平俗。

河流太寂寥
所以，长满芦苇

他们太卑微，卑微到被日子忽略
你看它时，它开花
你不看它时，它开花

——《芦苇谣》

“你看它时，它开花/你不看它时，它开花”，其禅意在大白话中显现，这是好句子。

下课了，孩子们
都跑到操场上去玩

他们像春天的燕子一样
飞来飞去

最好的阳光落下来……
四周的树木发出咯咯的笑声

——《快乐时光》

读这样的语言有什么障碍？谁都读得懂。蔚霐当过小学老师，快乐的孩子们对她的创作是有影响的。所以她的诗句能像孩子们那样单纯透明，明白的诗句中不断透出了诗意。

我很喜欢俄罗斯诗人叶赛宁的诗，蔚霭的诗有叶赛宁的味道。

当然，蔚霭可以写一些大题材、内容深刻的诗，但如果没有那种感受，就这样写下去也可以，但要注意提炼，千万警惕流俗。

2019 年 3 月 31 日于武昌东湖翠柳街

刘赋的小说

我是通过易飞认识刘赋的，他们都是湖北监利人。易飞当过《湖北日报》记者，后来又当上《特别关注》总编辑，一些文学方面聚会的组织工作常常由他担任。我是在酒桌上见到刘赋的，小伙子帅帅的，是一只典型的从江汉平原飞出来的“凤凰”。刘赋读书从小学开始，经过中学、大学、硕士、博士，后来又做博士后研究，把中国学校的学位都读完了。

刘赋现在一家央企做管理人员，如果顺利地做下去，似乎前途远大。然而也不一定，因为他身上的文学情结较重，他爱好写小说。一个既能把小说写得好，又能把企业管理工作做得到位的人，在当代作家中我还没有看到。如果刘赋既能写好小说，又能当一个优秀企业管理者，那倒是幸事。刘赋现在要出中短篇小说集，让我写序，在没有说他的小说前，我先说一点对他写小说与搞管理的期望。

再说刘赋的小说，读过之后，第一感觉是在场感很强。他所写的人物与故事，都与他有关系，发生的事件他都直接或间接地参与了。散文界有一个在场主义散文的流派，弄得颇神秘，小说的在场感，就是作者的心灵注入。小说作品就怕见不到作者气息的死文字，就像播音员播新闻，说字正腔圆的普通话，内容新，就是没有写作者的心灵注入，读起来没有感觉。我说刘赋的小说写的人物、故事与他有关系或者他参与了，并不能说明他的在场感强。有一些没有亲身经历的题材，也能写出在场感，能令人产生身临其境、感同身受的效果，这里关键在于作者的心灵注入。

刘赋的小说都有心灵的注入。

这本集子中有一部中篇小说《车祸》，是刘赋最早公开发表的小说(《红岩》2000 年第 2 期)，写的是地方电视台的记者、编辑与领导的复杂关系。在整个故事中刘赋是亲历者，虽然发生车祸时他不在现场，但他的叙述，都是生动传神的。地方电视台一般记者为提高收视率的艰难，文艺部的困境，领导的争权夺利，司机的好酒，人生命运的不可把握，出车祸之后死者的惨状，死者家属的扯皮，通过作者的叙述，读者看到了社会世相，也看到了小人物的悲哀。而作者把自己的悲悯情怀，贯穿在整部小说中，读者读后有满满的现场感。

刘赋这本收录了 20 篇小说的小说集，都是以第一人称讲故事的，不论是写故乡历史的《血刘高纪事》，还是写自己亲人的《兄弟》《我的表兄张发财》《潇洒哥哥张向东》《老家的风俗》等，都是把自己的心灵放进去，与作品中的人物共悲欢，同呼吸，与作品中的人物有不可分离的情感关系。刘赋出生在一个叫薛刘高的地方，虽然离开家乡多年，但他的根系和情感还是在薛刘高，他对薛刘高的人物和风俗了如指掌，所以写出来的东西充满了现场感。

从乡村走出来的作家，特别是小时候受苦多的人，对那一段生活刻骨铭心，对乡村生活难以忘怀，所以写起乡村来，处处流露出乡村留给他心灵的印痕。刘赋也不例外，我们从他的小说中读到他太多的童年、少年经历以及他对父母为儿女所作奉献的感恩情感。

《我的农民父亲》以二儿子的视角叙述，父亲为三个儿子的生活和成长付出了舍生忘死的劳动(真的是舍生忘死，我的农民父亲就是)，对儿子们的劳动也是这样要求。年轻人，谁受得了那种日复一日的高强度的劳作，做梦都想离开乡村。当“我”终于考上大学离开乡村后，放暑假时想到那种大太阳下的劳作都怕，于是“我”对父亲说：“学校要组织学生到神农架山区去进行暑期支教活动。省教育厅的领导、大学的党委书记和校长亲自带队。所以爹啊，不是我好吃懒做不帮您来抢收抢插，实在是因为要响应国家和学校的号召，要去体现觉悟哟。”父亲通情达理，一忽悠一个准，但这么多年来他在最忙的农忙季节从来没有少过“我”的大帮小助，哪怕是帮他牵一下牛绳割一背篓牛草也是好的哟。听说“我”要响应国家号召，他二话不说就答应了“我”头一次暑假不回家的请求。父亲还担心“我”在外苦着了紧着了，他又连忙披着星光起了个大早走了20多里泥巴路赶到小镇的邮局为我寄了100元钱，用作我“支教”所需的旅途路费。这100

元钱是什么概念呢？那时的稻谷每一百斤只能卖 9 元 5 角钱。父亲差不多要顶着烈日熬着无数蚊虫叮咬的夜晚在天育管理区粮店排上一天一夜的长队，才可将 1000 多斤稻谷终于卖掉然后收获一张白条，还需要用这张白条到村里的王胖子那里以 85 折的条件作抵押，才能换回 100 元钱。当刘赋写这个情节时，我相信他是带着对父亲的忏悔心情而写的。

《挽歌无尽唱母亲》这篇既像小说又像散文的作品是刘赋写给母亲的深情颂歌。母亲叫王新伢，15 岁嫁给“四类分子”当儿媳，生了三个儿子，她有着所有中国农民母亲具有的一切优秀品质。她性格要强，凡事都不甘人后。“我”常常记得我小时，在放学归来、放暑假的时候，看到母亲起早摸黑辛勤忙碌的身影。分田到户后，母亲浑身都有使不完的劲。在“双抢”农忙时节，因为要抢收抢插(抢收早稻、黄豆，抢插晚稻)，母亲白天忙着收割早稻，晚上就借着星光，将成千上万斤的谷垛子上的谷粒用手抢下来。刚刚收割的谷个子，水分重，一个成捆的谷个子，最起码也有 20 来斤重。母亲就用两手将谷个子高高举过头顶，奋力向下砸在用木棍竹片扎成的棒谷凳子上。母亲砸谷的姿态真是美极了！母亲砸谷的样子就是一座雕像，她深深地刻在“我”的心间，“我”眼睛一闭，那砸谷的模样就浮现在“我”眼前。母亲砸谷的时候，就像上足了发条的机器，从不感到疲倦。当天边现出晨光，望着身旁一堆又一堆的谷堆，母亲只揉了揉眼睛，稍微捶了一下腰身，就又带着无限的希望，下到秧田里去扯秧、插秧。待到十天半月的“双抢”忙完，母亲肯定会小病一场，她就借着这样的机会，把她损失的睡觉的时光补回来。然后她又精神抖擞地下地去秋收冬播，年复一年，永无疲倦……

家里有三个儿子，儿子个个都要读书。可微薄的土地，仅仅能够填饱肚子。于是，母亲就和父亲一起下到洪湖里去开荒种地，在夏日洪湖还未涨水的季节，在低洼地里插上十几亩面积的早稻。在早稻成熟的季节，洪湖水涨，母亲毫无惧色，跳下湖去，弯腰割下成熟的稻穗。当母亲弓腰割稻子的时候，洪湖水就会漫过她的乳房，她的脖颈，无数的蚂蟥就会吸附在母亲身体的任何一个部位，肆意吮吸。因为是湖田，所以是不需要交公粮水费的，又因为洪湖夏日涨水，所以母亲的早稻就是靠天收。当母亲和父亲撑着竹篙，从洪湖撑船一天一夜回到刘家墩时，当“我们”兄弟三人从母亲手中抢过她从洪湖采来的野藕、菱角、野篙芭(即茭白)时，母亲该是何等的高兴和满足啊。洪湖湖水里收来的早稻，往往不及垸内良田收成的十之一二，父亲有时候也劝母亲，说不要种湖田了，太累了，收成也不好。母亲就不由分说地打断父亲的话：“多一粒比少一粒强!”母亲于是就用这样的粗壳瘪壳一样未及发育饱满的谷粒去打米打糠，有的人吃，有的猪吃，养猪卖钱，送儿读书。

母亲不只是一个普通农民，她还很有头脑。“我们”住在长江边上，洪湖边上，洞庭湖边上，这里水多，鱼多，田多。好多父母是舍不得花钱送孩子读书的，因为即便孩子不读书，凭着搞鱼摸虾的本事，一样也能图个生存，生儿育女，养老送终。母亲傻就傻在这儿。她幻想着用微薄的种田收入来供“我们”兄弟三人念书。一个都送不起，她居然还想送三个！农村种地，靠的就是劳力，“我们”兄弟三人都在外念书，父亲又在村里当了一个小小的村干部，于是家里就没了劳力，沉重的种地负担就全靠母亲一人担当。母亲 56 岁去世，她是为儿子们操心死的，是为儿子们劳累死的。

我引用了刘赋写父亲母亲的两篇小说的内容，是刘赋的小说内容的核心，也是他要表达的基本精神。核心是亲情，精神是感恩，我是认同他的表达与立意的。

刘赋的小说的语言富有江汉平原的特色，有平原的宽阔，有水乡的浩瀚与滋润，但有时也像水乡的水草一般，少了节制与剪裁。语言的锤炼是一辈子的事，要不断地打磨语言，使其达到准确、纯净、表现力强的要求，刘赋要努力。

读刘赋的小说，能引起许多人的共鸣，那就是对故乡对父母对田野的爱和难以忘怀的疼痛感。

是为序。

徜徉在诗情酒韵之间

翻开这本书，仿佛行走在了历史长河之中，那熟悉的面孔、熟悉的名字、熟悉的故事跃然纸上，仿佛将我带入了泱泱历史，再次沉醉于中国传统文化的浸润之中。

这是在大学当老师的范文琼送来的书稿《诗情酒韵》。和文琼交往的时间不短，大约二十年前，我和她合作写过一本《老汉口奇案》。那个时候，我觉得这是一个很有灵气的姑娘，喜好文学，在其作品的字里行间充满着生活的朝气，又不失沉稳。作为一名文学编辑，我很喜欢看到文坛上的这股活力，便时不时地对其指点一二，她算是我的第一个正式收下的文坛弟子。

文琼后来离开报社去了大学，便很少看到她的文学作品，她写的多是一些教材和学术性研究作品，那个时候还有点替她惋惜，觉得她的文学之路不应仅止于此。不料十年前，她送来了一本书，是她率领学生团队写的《杀气腾腾美国史》。她充满骄傲地说，这是她的学生们写的。那一刻，我感觉到她的幸福，文学情结可以在学生们身上继续传承，生生不息，这何尝不是我的一种欣慰呢？于是我感同身受，更理解了她。

十年来，文琼不断带着她的学生在创作之路上越走越顺，她的学生出版的作品也日益增多，每次学生出书，她的那份骄傲和激情也感染着我。于是，我和我的弟子们约好，每个季度要聚会一次，谈谈文学，谈谈人生，我也期盼着他们在文学之路上越来越好。带着我的期盼，带着我的文学情怀，这几年来，其他三位弟子纷纷有作品问世，我为他们作了序，所以，我一直都觉得欠文琼一个序，好在文琼的这本书，可以弥补这个遗憾了。

文琼说："酒和诗就像诗酒文化的双子星座，彼此依托，相互映衬。"她写道："只愿文字能浸入你的内心，让你嗅到最芬芳的酒香，看见最美的璀璨文化。"这是她对中国古代文学的情结，也是中国传统文化生生不息的魅力之所在。

中国的酒文化历史源远流长。先秦的酒文化，便是繁荣中华上千年的酒文化的滥觞；两汉是一个风云际会的时代，江山易主，英雄辈出，这是一个酒与血交相挥洒的时代；魏晋是一个风流名士纷呈迭出的时代，他们的一腔热血无处挥洒，便只能以放浪形骸之态寄情杯中之物；唐朝是一个值得沉醉的时代，是一个诗酒遍地的时代，相信每一位诗人都愿意回到这个时代醉卧其间；宋朝并没有被盛唐之势所掩盖，更多地显现出淡泊世俗的人文情怀，诗酒相融的香味散发出的是一种天然清香；元朝，则将高雅浸入了大地，生成最滋润的酒与曲；明朝，是一个率情率性、风流自我的朝代，人们用诗与酒唱出了这个时代的强音；清朝，曹雪芹、纳兰性德、龚自珍……这些对酒当歌的才子在为这个时代唱着悲歌，也为自己唱着赞歌；近代，秋瑾、鲁迅，用笔碾碎了这个时代的屈辱，用血与酒浇灌着华夏的脊梁……徜徉于历史之间，徜徉于诗情酒韵之间，这本书既有对酒文化的解读，也有对诗歌的品鉴，还有对中国文人先贤们的仰望和亲近；既写出了古典文化对中国历史、中国文人的浸染和熏陶，也让书外的我们，再次领略了诗酒文化的璀璨光芒。

文琼学的是中国古代文学，近几年来，我越来越发现，文琼身上这种中国古代文人的气骨越来越明显，安贫乐道，教书育人，宽容大度，又不失她与生俱来的豪爽与侠气。有幸与我的这些弟子们交往，让我欣喜于文学之传承的代代相继，也愿文琼能够培养出更多如她一样的学生。

在路上，每一天都是新的旅程

当我把杨亚的《行旅有道·远游篇》《行旅有道·心影篇》两本书稿读完之后，提出如下问题：

我从这两本书稿中看到了什么？我从这两本书稿中得到了什么？这两本书稿是什么体裁的文字？这两本书稿的作者是一个什么样的人？

我想，把这四个问题大致说清楚就行了。

在“远游篇”里，我到了瑞士，看到了这个独特的山地之国的地理、人文、历史、景观、经济情况，了解了其名扬于世的政治中立、银行保密的制度，这些内容充实了我关于国家和地理方面的知识。

我到了华盛顿，看到了白宫、林肯纪念堂、方尖纪念碑、白宫南草坪，看到了航天博物馆中1945年美国在日本广岛投下原子弹的轰炸机、现代美术馆、西点军校、罗斯福总统故居、自由女神像。

我到了“陆地止于此，海洋始于斯”的里斯本，看到了葡萄牙的风光与建筑，还有葡萄牙足球文化的深厚积淀。我看到了西班牙奥利特的酒庄，看到了卢森堡的申根小镇，这小镇的常住人口只有五百人。

我到了阿联酋，看谢赫·扎伊德清真寺；我到了德国，看到了在第二次世界大战中幸免于轰炸而完整保存的海德堡与海德堡大学；我到了巴黎，看到了巴黎圣母院和塞纳河上的游船与桥。

我想我不能再罗列自己看到的内容了。

这两本书能让人打开眼界，让读者看到一些风光、地理、历史、人文传说、建筑等方面的内容。有的地方你可能去过，但作者的描述能补充扩大你对事物的了解。视野所及，心之所至。眼界，决定认知世界的宽度或广度。这是《行旅有道·远游篇》《行旅有道·心影篇》两本书的成功要素之一。

读书是既能增长知识，又能提高人的心智的行为。

假如仅仅获得一些知识，而内心或思想上没有收获，或者没有感悟到一些什么，那这书就是白读了，或者是读了没有内涵的书。

我读《行旅有道·远游篇》《行旅有道·心影篇》，所得有三。第一，“读万卷书，行万里路”，这是古人的谆谆教诲。杨亚所行之路不止万里，他到过的地方，都会用心去阅读，这是无形的书，是审美的书，是漂游的书，是灵动的书，是尘封的书。

在“心影篇”中，杨亚写到了他对读书的感悟，从他的书斋、他的藏书、他的朗清园，写到北京琉璃厂的历史与淘书、塞纳河畔的旧书摊以及波士顿图书馆，这是写他读有形的书。从有形之书中读到世界，读到历史，读到人物与生活，那种愉悦的享受，如沐春风。

读万卷书、行万里路，读有形之书与无形之书，二者交汇融通，提高了人生品质。

我的第一得是每个人、每件事，都是一本书。

第二，一个行万里路读无形之书的人，一个笔下有物读有形之书的人，一定是一个有品质、有追求的人。我从杨亚记叙自己经历的篇幅中，看到了他大半辈子的追求与工作实绩，看到了他对国尽忠、对家尽孝、对人尽诚的坦荡情怀。

我的第二得是热爱读书学习，做好自己的工作，为社会、为国家作出贡献，是修炼从容雅致、厚德载物的精神境界。

第三，现实生活，烟火尘杂，人生需要拥有一个爱好或者独处的空间。杨亚书中记录的内容，充盈饱满。他到世界各地行走，到各大企业考察，到高等教育机构学习培训，到安宁恬静的家园品茶，到各种书籍中漫游，到艺术博物馆去散步，林下风至、内心充盈，感悟的是情怀，得到的是快乐，是对生活洋溢的一片爱心。世上最好的人生，当是慢慢行走；世间最好的拥有，莫过于静水流深。这是我的第三得。

杨亚的两本书稿，属于什么体裁？有对“路上发生的事”的笔端记录，像报道；有对“路上遇见的人”的感恩回忆，包括作者回忆长期工作过的三峡水电大坝和后来在葡萄牙电力公司董事会任职的同事和朋友，像特写；有对“路上悟到的理”的哲学思考，随心记录，因缘而得，像随笔。20 世纪的文章分类有四大类：诗歌、小说、散文与戏剧。而在古代，中国所有的文章只分为两类：有韵的统统叫韵文，无韵的统统叫散文。按照这两种分类法，我说杨亚的《行旅有道·远游篇》《行旅有道·心影篇》两本书，都可称为散文。当代著名作家贾平凹主编了一本杂志——《美文》，按其所提出的大散文概念，杨亚的书，称为大散文当为不谬。

作者杨亚我没见过，是我的朋友孙智送来了杨亚的两厚本打印书稿，未闻其声，先阅其文。当我读完这两本书稿后，首先对作者有了一个判断，古人云："文如其人。"这是准确的。人与文都不错，我愿写一篇简单的读后感。

杨亚生于湖南汨罗，1978 年高考进入大学，1981 年毕业后到北京水电部机关工作，后来到湖北宜昌参加长江三峡工程建设，到四川、云南参加金沙江梯级水电站开发，最后到国家电力投资集团，可谓大半辈子从事的是电力开发与企业管理工作。他爱读书，爱写作，爱艺术，爱收藏，这样的人是有思想、有人文情怀、有大智慧的人。打仗的人，人文情怀重的叫儒将；经商的人，人文情怀重的叫儒商；从事工程建设与企业管理的人，人文情怀重的，我们该怎样称呼呢？目前好像没有现成的词。我从这两本书稿中读到，杨亚就是这种类型的人，他是人文情怀重的企业管理者，想不到更好的称呼，我还是老老实实地称呼他杨亚吧。

《行旅有道 · 远游篇》《行旅有道 · 心影篇》，从中还可读出许多新的东西来，例如信息量大，资料史料丰富翔实，文字简练优美，我就不多说了。读这两本书，我们要记住其书名中的"有道"二字，让我们每个人去悟每个人的道吧。

在路上，每一天都是新的旅程。我这简单的读后感，权作为序。

2019 年 11 月 8 日于武昌东湖

《我忆念的山村》后记

一九六九年，我十九岁，醒了升学的梦，从武昌县一中回到金水河畔，已经当了两年农民了。白天进行高强度的劳动，晚间回到茅屋里，我的骨头简直要散架了，多想睡觉啊！但我似乎总不甘心，有点什么在支持着我，想干一件什么事。这种精神刺激着我，就着昏黄的灯光，看一会儿书。看着看着，慢慢地忘了疲劳，直到大公鸡喔喔的叫声惊动了我，我才合上书本。故乡的田野，辽阔平坦；故乡的人民，勤劳纯朴；那牛背上牧童的嘹亮歌声，那乡亲们中口头文学家讲的美好故事，是我的新课堂和新老师。我一边劳动，一边学习，想尽办法弄来一切可读的书。大约就是在这时候，我萌生了写点什么的念头，于是拿起笔，写起诗来。这一年是一九六九年，我们县文化馆办的《武昌文艺》上发表了我的一首诗，如今只记得开头两句：

“红旗飘飘映彩云，

亿万人民庆国庆。”

县文化馆寄给我一张表格，我就成了这家杂志的“工农兵业余作者”了。此后，我在这本油印刊物上发表了数十首所谓的诗。我在正式刊物上发表诗，是一九七三年。而我承认我发表的诗能够称得上是诗的，则是一九七八年年底至一九七九年年初发表的作品。这中间经过十年的涂写，才使我能较正确地认识到作为一个诗人的社会责任，以及写好每一首诗所应付出的辛勤劳动，我稍稍成熟了一点。

一九七一年二月，我上了华中师范学院中文系。一九七三年十月，我分配到省里一家文学刊物学做编辑工作。我这段时间走的路，如今看来，是历史起的作用，我自己是没有选择的余地的。从在油印刊物上发表第一首诗，到我真正有意识地以一个诗人的责任要求自己，在鄂西北那个山村的一年生活起了关键作用。一九七七年，我作为一名省委路线教育工作队员，到鄂西北的一个山村搞路线教育。在与农民相处的一年中，我从那些像山岩一般的农民父兄身上，看到中国农民的勤劳、坚韧、淳朴、不怕吃苦的美德。他们是中国的基石。我深深感觉到：我今后写诗，再不能人云亦云，空喊几句苍白的口号，说几句押韵的套话了。那不是诗。我应该写农民，为农民塑像，刻画他们性格中闪光的东西，这才是我的诗的归属。从鄂西北山中回来，经过一段时间的思索，我写成了组诗《我忆念的山村》，这组诗后来被《诗刊》转载，并获《诗刊》优秀作品奖，这是我在鄂西北山中一年亲身体验的结果，使我对写诗有了新的认识。我愿今后更好地来写农民，写我的父兄。

这本诗集是我的第一本诗集，除了写鄂西北那个山村的组诗“山村集”之外，还收录了我写故乡童年生活的“童年集”。故乡的童年生活，虽免不了苦酸，但更多的是明丽、温暖的阳光。每每想起童年，心中总有一种亲切美好的感情。诗集中的“小花集”，都是一些二十行以下的小诗。记得有一次看电影，老诗人徐迟坐在我邻座，他谈起我刚发表的一首诗，对我说："写诗应该有追求，写得小一点，巧一点，美一点。"我牢牢记住了这"三点"。诗集中的"冬荷集"，是一些关于思索的小诗，就不多说了。

十多年的努力，除了奉献给读者这一本薄薄的幼稚的诗集外，余下的只有我的惶恐和信心了。感谢徐迟同志热情作序，感谢长江文艺出版社同志的努力，决定出版这套"长江诗丛"，使我等之辈的诗集能够问世。

我不会忘记在创作上给过我许多帮助的前辈与同辈诗友。我将再努力，为了诗！

1983 年 12 月 31 日

常翻书　多受益

——《红帽子黄帽子》序

开卷有益，这句话我信奉不疑。已是人到中年的时光了，这辈子没其他嗜好，只是喜欢在工作之余写点东西读点书。少年时在乡下，没有书读，那种饥渴感至今难忘。因工作的关系，如今我有读不完的书刊，只是缺少些时间。有些书刊不能细读，只能翻翻了。

翻翻也好，经常翻书，对于搞创作的人来说，会很有益处。书刊中的知识，大量的信息，无疑会起到丰富充实创作的作用，甚至有时一句话一则趣闻，会捅开你头脑中素材蕴积的那道泉眼，立时涌出耀眼的景观来。

那年我随湖北青年作家采访团去湘西，看了一个山洞。山洞深远，岔洞纷繁，景色奇异。这山洞确实是一处景观，却由一个生产队管理，卖门票做副业收入。几个老头看守洞门，随便拉了几条电线进洞，挂几个灯泡照明。

看完山洞出来，见那几个守洞的老头在喝酒，很有意思。我不知怎么脑子中突然冒出了一个想法：如果老头们喝醉了酒，洞里的电断了，在洞里游览的人走岔了路，出不来怎么办？这个想法只是一闪念，很快就被其他的事情冲淡了，我再也没有从中思索出点什么东西来。好几年之后，在一次翻阅《读者》杂志时，见里面摘了一篇《纽约大停电》的文章。可想而知，纽约这个现代大都市，一旦没有了电，肯定会发生一些奇奇怪怪的故事。一群人困在地铁车站黑暗的地道里，恐慌至极，找不到通向地面的通道口，却有一个女人，把几百人引出了地道，带到地面。到了地面后，人们才发现她是一个瞎子。

这个停电后地铁车站里的故事，立刻使我想到湘西的那个山洞。这一想就不愿丢开了，于是一篇完整的短篇小说的构思在我头脑中成形了。刚巧，当时在《芳草》做编辑的池莉，写信约我给一篇稿。我很快把这个故事写出来了，写了万把字，这就是后来发表在《芳草》月刊上的《暗洞之光》。我写了一个瞎子少女与一个断电后迷失在山洞里的小伙子的故事，着重写瞎子少女的美好心灵与超凡的感觉能力。明眼人看不清，瞎眼人却辨得明，生活中蕴含这个哲理的事情，俯拾皆是。我的这篇小说还得到了好几个文坛友人的称赞，盲人的启示永在。

读书是很快乐的事情，翻阅杂志报纸是很惬意的事情。书籍能告诉我们许多道理：生活的道理，为人的道理，甚至写作的道理，是不是这样呢？

开卷有益，我永远信奉。

《红帽子黄帽子》后记

我的第一本散文集《玛瑙石》是十年前出版的。十年后的今天再将所写的可称为散文随笔的文字汇拢，发现还可出几本集子。前些年还出版过几本纪实文学或小说或诗之类的集子，近几年因编务太忙，只能写些千字文，数量不少。这次武汉作家协会编辑“黄鹤文丛”，邀我加入，是一个机会，我从杂乱的短文中挑出了十几万字，编成目前这本书。

我固执地将“红帽子黄帽子”当作书名，是因为几年前我就编成了一本集子，以此为名，朋友龚明德为我作了很大的努力，却未出版。这次虽说文章换了不少，但书名保留，也是为了表示对龚明德的一种谢忱。

本集文章写作时间跨度较长，有的文章署了写作时间，是为了让读者明白是那个时间段的事。人事变化是很快的，有的人今非昔比了，但我写的是那段时间里的事，文章留下来，可以作纪念。本集还收录了我为一些业余作者出版书籍所写的序。我不是好为人序，我只是一个编辑，为这些朋友出的书写一些鼓励与批评的话，正合我的编辑身份。

感谢对我的写作及本书出版给予过帮助的人们。

2001 年 9 月于武昌

《三色土》自序

进入二十世纪九十年代后，我写诗的劲头由狂热趋于冷静，诗越写越少，有时一年写不了几首诗，其他文章多起来了。究其原因，心境使然，激情少了。

回想三十多岁时，有了所见所闻所感，总会产生一股诗情在心中激荡，星期日关起门来，提笔铺纸，一天可以写几首诗。一年下来，在大大小小的报刊上发表诗，总有百首以上。每发表一首诗，都有一种收获的快感，就像农民望着田地里成熟的庄稼，有一种成就感。哪像如今，即使在大刊名刊上发表了作品，我也没有十分高兴。因为想到自己的这点文字，与中国大海一般的文学佳作相比，只是几星泡沫而已。

诗是属于时代的，只有那些最优秀的作品，才能穿越时空，留传后世。网上曾有一篇《枪挑湖北诗坛》的文章，第一个就是枪挑的我，说我的曾被收录于《中国新文艺大系》中的获奖组诗《我忆念的山村》，写得像顺口溜。这是不同时代对诗的不同要求导致的。就像我们读二十世纪五六十年代名诗人的名诗，有时也看不出其好在哪里一样，这是因为我们远离了彼时彼地，用此时此地的眼光看那时的作品，所产生的感受就是如此。但是，五六十年代的诗和我写于八十年代的诗，作者写的时候是真诚的，表现了那个时代的情感与风格，作为一种记录时代感情的文字，是有其意义与作用的。今天的新诗人所写的一些诗，是今天的情感与风格。再过几十年，也会有人说这写的是什么玩意儿，连顺口溜都不如。但这些诗，还是有其认识价值的。

这是我的第五本诗集，所选的诗作基本上写于二十世纪八十年代，只有少数几首写于九十年代。这不是一本普通的诗选集，而是我将写西部、写长江、写乡村的诗编成三辑，取了一个名字叫“三色土”。我在二十世纪八十年代初去过新疆、张家口、大同、西安等地，当时写的诗，都收在第一辑中了。我自小生长在长江的支流金水河边，我的乡村离长江也很近，小时为那巍巍的长江大堤挑过土。我后来读书工作都在江城武汉，而我工作了三十一年的单位也称为长江文艺杂志社，我这辈子就没离开过长江。我写长江的诗不少，第二辑中选编了一部分，以表达我对长江的那种不断的情怀。我生长在农村，学写作后，不论是作文还是写诗，大部分内容都与乡村有关。批评界过去多称我为乡土诗人，确实在我的诗作中，乡土诗给读者的印象更深些。翻检我写的乡土诗稿，数量还真不少。第三辑中选编了一部分乡土诗，我是离不了乡村的。当年《我忆念的山村》获奖后，诗评家张同吾在《文艺报》上撰文，称此诗为“刻画中国农民性格特征的力作”。后来《诗刊》又发表了我的组诗《没有万元户的村庄》，《人民文学》发表了我的组诗《乡村的忧思》。我把这三组诗都收进了集子，这是我写的三组乡村诗代表作，表达了我作为一个诗人对乡村的忧虑与思考。在一次关于我的诗歌的研讨会上，这三组诗被统称为“刘益善乡村忧愤诗”。这忧愤中有深深的爱啊！

编的是旧作，但我自己读起来，也还是充满了激情与诗意，这些诗还没有因时光的冲洗而变得苍白，这是窃感安慰的。现在，我把它们交给朋友们指正，或许能为朋友们增加点谈资与启发。

2004年8月8日

《向警予之歌》后记

一九七九年是中国共产党第一个女中央委员、第一任妇女部部长向警予烈士在武汉牺牲五十一周年的年份。那时，我的诗歌创作热情正高，做编辑的我得到了半个月的创作假，于是就一气呵成了这部传记体抒情长诗《向警予之歌》。诗稿写成后，我寄给了出版社，第一家退回又寄第二家，然后是第三家第四家，大约周游了十来家出版社。令我感到鼓励与欣慰的是，这十来家出版社的编辑都给我写了信，并将手写的原稿退回。这些信的意思差不多，就是诗还不错，但出版后怕销路不好，怕赔钱。有的编辑给我的回信长达十页稿纸，使我在惆怅中又很感动。

时光飞逝。转眼就到了二零零七年,《向警予之歌》有幸成为中国作家协会重点扶持的出版项目,同时得到了湖北省委宣传部文艺处及部领导的大力支持。武汉市委常委、纪委书记、诗人车延高同志得知这一情况后,热情地向武汉市新闻出版局局长、武汉出版社社长彭小华同志作了推荐,小华局长当即表示长诗由武汉出版社出版。

向警予烈士在武汉领导革命斗争多年,一九二八年由于叛徒出卖在武汉被国民党反动派抓捕,一九二八年五月一日在武汉英勇牺牲。向警予烈士的墓如今还屹立在武汉的龟山顶上,是重要的革命传统教育基地之一。《向警予之歌》由武汉出版社出版一直是我的愿望,在烈士牺牲八十周年时出版这部长诗,更是意义重大。

距离我最初写作这部诗稿时已经过去了二十九年!当年那个二十九岁的热血青年如今早已暗生华发。这些年来,我无数次重读这部《向警予之歌》,每次都会被烈士的精神所感动,被当年创作时的热情所打动。相信这也是二十九年后她能够得以出版的原因之一。感谢这个伟大的时代,不仅从经济上物质上彻底改变了我们的生活，也为我们提供了更丰富的精神生活和思想空间。无论时代怎么变化，老一辈革命家的光荣传统我们应该永远铭记。我不相信有什么“垮掉的一代”！我相信，我们今天的青少年同样崇敬英雄、热爱人民，向警予烈士短暂而光辉的一生，一定能够像当年深刻地感动了我一样感动他们！

2008 年 1 月 12 日于武昌

《吸毒者》前言

毒品是指鸦片、海洛因、冰毒、吗啡、大麻、可卡因以及其他能够使人形成瘾癖的麻醉药品。服食或注射毒品直接危害人们的身心健康，给经济发展和社会进步带来巨大威胁。吸毒会引起贩毒、诈骗、暴力犯罪、卖淫、艾滋病传播等一系列社会问题。

1840年鸦片战争之后，毒品危害中国百年以上。究竟有多少人吸食毒品，有多少吸毒者死亡，因无完整统计资料，谁也说不清楚。

中华人民共和国成立之后，1950年2月，中央人民政府政务院发布《关于严禁鸦片烟毒的通令》，我国开展了声势浩大的戒毒运动，禁绝了为患百余年的鸦片烟毒。

20世纪80年代中后期，由于境外毒品的侵袭，我国的毒品问题死灰复燃，吸毒人员随之逐年增多。1990年12月，时任国家主席杨尚昆签署了第38号主席令，宣布《全国人大常委会关于禁毒的决定》立即施行。而在此之前的1990年4月10日，在世界部长级反毒品大会上，中国代表团团长李道豫强调指出：中华人民共和国政府从成立之初就采取严厉措施禁毒，成绩卓著。在很长的一段时间内，中国已经基本不存在毒品问题。近年来，某些国际贩毒集团与中国境内的不法分子相互勾结，利用我国对外开放之机，把中国某些边境省市作为贩毒过境渠道，使得中国某些地区的吸毒人数有所增加。对此，中国政府正在采取有效措施，加强缉毒、禁毒和戒毒工作。

2005年4月，中国国家禁毒委员会贯彻落实胡锦涛总书记、温家宝总理提出的要打一场禁毒防艾的人民战争。这次禁毒人民战争以遏制毒品来源、遏制毒品危害、遏制吸毒人员滋生为目标。同时部署开展五大战役：禁毒预防、禁吸戒毒、堵源截流、禁毒严打和禁毒严管五大战役齐头并进，同时开展国际合作，取得了明显的成效。

2007年12月29日，中国第十届全国人大常委会第三十一次会议审议通过《禁毒法》，这是中国的第一部禁毒法，于2008年6月1日起施行。

据新华社2008年6月24日报道，中共中央总书记、国家主席、中央军委主席胡锦涛，中共中央政治局常委、国务院总理温家宝对禁毒工作作出重要指示，要求把禁毒工作作为一项长期任务，坚持不懈地抓下去；要认真总结经验，针对新形势、新问题、新特点，继续搞好综合治理，继续深入开展禁毒人民战争；要下大力气，在宣传教育、依法严打、科学戒毒、强化管理、国际合作等方面取得明显成效；要以实施《禁毒法》为契机，加强禁毒执法，努力开创禁毒工作新局面。

国家法令的公布施行，党和国家领导人的一次次讲话，新华社及国家其他重要媒体的报道，一切都明白而又无情地告诉我们这样一个事实：在中华人民共和国这块土地上，曾经禁绝了几十年的毒品瘟疫，又重新蔓延了。

毒品疯狂地吞噬着人们的灵魂，侵袭着健康的机体，毒化着社会的空气，阻碍着改革开放的进程。人类面临着毒魔的威胁，中国面临着毒魔的威胁。白色粉末状的毒品，像白色的幽灵，在中国的土地上游荡着。

据统计，1991 年中国公安部门登记在册的吸毒者有 14.8 万人，到 2004 年，这个数字达到 114.04 万人，估计隐性人数有 450 万左右。截至 2005 年，中国有 2012 个县涉毒。如果按目前中国吸毒人数七十万算，每年耗费在毒品上的钱达 400 亿元人民币。假如把隐形的吸毒人数都算上，每年耗资的数目将是惊人的。据人民网天津视窗报道：林则徐的后人，我国著名民间禁毒人士林鸿汉表示，我国青少年吸毒者增多，一些大学生也加入吸毒者行列。林鸿汉有一次去石佛寺戒毒所，问了四名戒毒者，结果三名是大学生，一名是中学生。上海市年龄最小的吸毒者十二岁，云南昆明最小的吸毒者十一岁。

吸上了毒品，吸毒者就陷入了罪恶与死亡的泥潭。万贯家产被吸光，没有毒资，就采取种种办法来获取，不顾廉耻，招摇撞骗，杀人越货，什么事都做得出来。据统计，女性吸毒者 80%都有卖淫经历。吸毒者的毒瘾犯了之后，完全没有理智，自杀自残的人很多。在我写这篇前言的前几天，即2008年8月19日，报纸报道说河南郑州一名吸毒者因吞食铝合金条被送到金水医院急救。而急救的医生说，他们刚从另一名吸毒者肚子里取出十根锈迹斑斑的钢条。

毒品，是恶魔，它是如何残酷地吞食那些意志薄弱者的呢？人们若了解了这些灵魂被恶魔附体之后的痛苦和无助，在死亡边缘挣扎的过程，我想是能警示更多的人们远离毒品的，我愿我的这本书能起到这个作用。

2008年8月28日

《吸毒者》后记

十多年前，我与一批作家到云南参加一个笔会，住在大理三塔边的一排平房里，除了看一些地方的人文风光与自然风光外，我们余下的时间就是互相之间的交流与谈天。昆明市公安局有一位警察作者小陈，与我在交往中成了朋友。

我和小陈住一个房间，他给我讲了许多有关云南与金三角毗邻地区吸毒者的故事。开始，我听着只当是消遣解闷，当连着听了几个这类故事后，我突然有了一种冲动，要把这些东西写下来，成为警示世人的材料。于是，我就与小陈进行了有目标的采访式交谈。在笔会期间，我们去了几个戒毒所，见了那些在戒毒所里戒毒的男女老少，大部分很年轻，有女孩长得如花似玉，是毒品残害了他们。我当时与他们进行了一些交谈。后来在武汉，我也去了一个戒毒所，在这个戒毒所里，有一群少年。看到这些孩子们，我的心情特别沉重。当时我正在省委党校学习，同行的党校同班的一位老大姐对我说："我平时总是埋怨我的孩子这不好那不好，看了这些孩子后，我觉得我的孩子很好，他没有像这些孩子一样，真是万幸啊！"

还是说云南的那次笔会，我把小陈和我谈的人物与故事认真地记了下来。后来我们离开大理到了瑞丽、畹町，那里临近中缅边境，我们甚至跨过国境界碑到缅甸的土地上站了一会儿。小陈用手指给我一个方向看，他说那里就是金三角，出产海洛因的地方。当时，我朝那个方向眺望了许久。

我们从瑞丽回到云南省会昆明，小陈突然穿好一身警服，骑一辆三轮边斗摩托车到宾馆接我。他把我拉到一个地方，拿出一堆录像带，用录像机放给我看。那是他们在禁毒工作中录下的许多真实镜头。看到吸毒者们扭曲的身子，骨瘦如柴的躯体，痛苦变形的脸庞，毒瘾犯了时那种痛不欲生的神情，我的心好痛好痛啊！

海洛因这东西有什么好，毒品就是毒品，那是要人生命的东西，为什么要去吸它呢？珍爱生命，远离毒品，千万不要去吸毒。

我开始写纪实文学《吸毒者》，我从手上拥有的材料中选取了一批人物和故事，这些人中有农民、基层干部、教师、个体经营者、演员、中小学生，甚至还有警察，每个人物成一个单独的篇章。我断断续续地写，零零星星地发表，在这些单独的篇章中，每篇都有一个吸毒者，集在一起，就是一群吸毒者，其内在的联系就是毒品这个东西使这些无辜者走向深渊，走向毁灭。对于这些活生生的人，这些奇怪的吸毒者们的故事，有一个呼唤也即是我的呼唤贯穿其中，这呼唤就是："请读者看看这些人吧！看看他们可悲可惜可叹的下场，你就知道毒品这个东西是沾都不能沾的。珍爱生命，远离毒品，我亲爱的人们啊。切记！切记！"

我开始接触吸毒者的材料时，毒品只是在云南、在西北一些地区出现，内地还很少听说。而现在，全国到底有多少吸毒者？国家禁毒委员会有统计数字，年年都在增加。

每年的六月二十六日，是国际禁毒日，在这前后，每个地区都要判决一批罪恶深重的制毒贩毒者，都要焚烧一批毒品。那大火，那冲天的烟尘，难道还不能警醒人们吗？

我愿我的这部作品，也能警醒人们！

谢谢为我的写作提供材料的昆明市公安局的小陈和其他朋友，谢谢为这本书的出版给我提供帮助的朋友和中国城市出版社。

2008 年 8 月 28 日

永不分离的告别:《东天一朵云》代序

编完《长江文艺》2012年第4期稿件，我就退休，离开《长江文艺》杂志社。从1973年到这家杂志当编辑，至今已是第40个年头了。即将离开干了40年的岗位，心中感慨万千，想和《长江文艺》的作者、读者与编辑同仁们要说的话很多，千言万语凝成一句话：我们虽然告别，但在文学的道路上永不分离！

感谢时代、感谢《长江文艺》，让我实现了生命的价值。我是一个乡下的孩子，受乡土文化影响，自小立志献身文学，虽成不了什么大气候，但为文学做些事，就感到快乐与幸福。我是幸运的，我到一本资深的文学期刊做了25年编辑，当了15年的社长、主编。我做了我乐意的事，且一干就是40年，心无旁骛，只做一件事，我觉得很幸福。到退休时静夜思想，人一生不管是干大事、干小事，还是干不大不小的事，只要是自己乐意干的事，且这事于社会于人民有益，就体现了人的生命价值。是这个时代让我到了《长江文艺》，是《长江文艺》给了我人生的平台、工作的平台，我永怀感激。

感谢《长江文艺》的作者和读者，有了你们的存在，才有《长江文艺》存在的可能。《长江文艺》从1949年6月创刊到今天，有多少作者为《长江文艺》写稿投稿啊！有多少读者来订阅或购买《长江文艺》啊！作者和读者在一代代地更换，但任何时候杂志都离不开作者和读者的支持与参与。我本应在这里列出要感激的一批作者的名单，但这名单太长，就不一一列举了。他们中有闻名国内外的大家，也有埋头生活扎实写作正一步步走向文坛的业余作者。而在我工作的这40年内，这些作者中的许多人成了我的亲密朋友与兄弟，他们给了我许多的帮助与支持。朋友们、兄弟们，感谢你们的无私支持。我虽然退休了，但还希望你们继续支持《长江文艺》！

感谢《长江文艺》的编辑老师与编辑同仁们，是你们的帮助与支持，使我顺利平静地走过这40年，才能有些进步，做出点成绩。在我进入《长江文艺》这个集体时，才20来岁，是老一代的编辑们对我进行手把手的帮助，我才能学会读稿、选稿、编稿等编辑业务。《长江文艺》的老一代编辑是一批南下的干部，他们中的资格最老者是延安鲁艺出来的。他们待我如子女，我视他们如父母。他们的无私奉献精神影响了我，教会了我，我以他们为楷模，并以此来影响我的下一代编辑。文学编辑是一项奉献事业，要把作者当朋友，从万千之众中发现可造者，然后热情扶持帮助，使他们成功。《长江文艺》的一代代编辑都是这样做的。当作者们成功了，走向了文坛的高处，而编辑们还是默默无闻的，他们把目光又转向了下一批的可造者。从青丝到白头，老一代编辑老师是这样的，而我今天也这样了。这就叫蜡烛精神，这就叫奉献。他们无怨无悔，我也无怨无悔。对与我同辈或更年轻的编辑同仁们，我也怀着深深的感激之情。在我当编辑和任社长、主编的这14000多天的日子里，我们一同工作，紧密团结，互相帮助，曾走过艰难的时期，也分享过成功的快乐。当《长江文艺》遭遇经费短缺、发行量锐减的困难时，大家同心协力，举起“长江不断流，文学旗不倒”的旗帜，走出困境；当《长江文艺》连续几届获得“湖北省优秀期刊”称号，并成为中国期刊方阵的双效期刊、全国核心中文期刊、国际龙源期刊网国内国际点击前百名、湖北省农家书屋必备期刊时，我们的欣慰是共同的。虽然我退休后不能再和你们并肩工作，但我的心还是和你们在一起的，我的爱还是在《长江文艺》，我衷心祝愿我们的《长江文艺》在新的社长、主编的领导下，在你们的辛勤工作下，办得更好！

真的还有许多话要说，这40年，是我人生的黄金时期，该有多少事情要回忆，但不能再说了，再说我的老泪就要纵横了。读者们、作者们、编辑同仁们，对于我工作中的过失或不足之处，请你们原谅！我在岗位上和你们告别，但我的心与你们永不分离！

《东天一朵云》后记

1986年12月号的《北京文学》发表了我的第一篇短篇小说《怂哥儿的红领带》。这是我写诗十几年且写出组诗《我忆念的山村》等当时在全国有些影响的诗之后，写的第一篇小说，小说题目与我的名字上了刊物封面。那期《北京文学》只有三篇文章的题目上了封面。自此之后，我学写小说，连续十来年，有时一年能发表十多篇中短篇小说。由于没什么影响，别人总说我是诗人，直到现在还这样。其实我后来写诗写得很少了。1994年，中国文学出版社出版了我的第一部短篇小说集《母亲湖》，收录了二十五篇短篇小说。

1997年秋，我担任了《长江文艺》杂志社的社长兼主编，需要用大量的精力来找经费、扩发行、组好稿、处理杂志社内的各种事务与人际关系。这社长兼主编一干就是十五年，我没再写小说了，偶尔只能写点诗与小散文。进入新世纪之后，我发表了十来部中篇小说，其中北京的《十月》杂志发表了我的四部中篇小说。这些中篇小说曾被《小说选刊》《中华文学选刊》《中篇小说选刊》《小说月报》《北京文学 中篇小说月报》转载，在《芳草》上发表的中篇小说《向阳湖》还获得了汉语女评委奖与湖北文学奖。我在选刊转载作品所附的后记中交代，这些小说都是在十几年前甚至二十年前写的，放到今天还能发表，说明这些作品能够经受时间的考验，不是应景跟风赶时尚的东西。对于这点，我有些暗自高兴。

2012 年春天，我正式退休了。得武汉市原常务副市长袁善腊，茅盾文学奖与鲁迅文学奖获得者、《芳草》杂志总编刘醒龙的信任，我担任了大型进城务工人员文学生活杂志《芳草·潮》的特邀主编，虽说还是编杂志，但不用为经费、发行、人际关系操心，我轻松了很多。我正准备按原来的设想在退休后开始写作品时，但天不助我。由于长期久坐不锻炼且熬夜，我被查出患有严重的冠心病，三根主血管一根堵了100%，一根堵了80%，一根堵了40%。医生惊讶地说："你有这么严重的心脏病，随时都有可能发生猝死，过去竟然不知情。"在亲友的关心支持下，我到医院做了心脏介入手术，安了三个支架，再加药物治疗，情况较好。我的手术是成功的，但医生说："你虽安了支架，但并不能说明你不再是心脏病人，你不能劳累熬夜。"我现在是一边兼干着《芳草·潮》的编辑工作，一边休养着心脏。

写小说特别是长篇小说，不熬夜不劳累很难。医生的话，给我的警告是明显的。我肯定还要写点小说，但记着医生的话，不要劳累不要熬夜。知道自己有心脏病后，我就把过去发表的一批小说整理出来，制成电子版。有的短篇小说，过去在一些不起眼的杂志发表过，知道的人很少。这次整理修改后，我挑了几篇发给一些杂志，结果这些杂志都发表了，有的还发表在显著位置，如《北京文学》《天津文学》《作家》《福建文学》《广州文艺》等。我再一次心中暗喜，我的短篇小说也没放过期，二十多年后还能发表，我想这才是小说。

湖北省作家协会为离退休的老作家老编辑出版一套

“东湖文丛”，嘱我选一本，我就选了二十一篇短篇小说。校样出来后，我校对了一遍，觉得这些作品还有点作用，如有幸被读者读到了，或许会有些启发。但这些小说能留存多久，就很难说了。现在的书太多，其归属，大部分是废品收购站，小部分是书柜，而能归属到读者的灵魂中的，则是凤毛麟角。

这是我的第二本短篇小说集，是二十世纪写的，只有代序和后记，是二十一世纪写的。

2013 年 9 月 28 日

《刘益善自选集》序

如果从1969年发表在武昌县文化馆油印刊物《武昌文艺》上的庆国庆诗算起，我今年有40年的创作年龄了。而实打实地算，我1973年10月由华中师范学院中文系毕业分配至《长江文艺》(当时叫《湖北文艺》)做编辑，至今已有36年。我这辈子当编辑与文学创作者是没有疑问的了，我将把文学编辑与文学创作坚持到底。

我当编辑，先是从诗歌编辑当起，那时跟着老编辑一起，到工农兵中去，今天在湖北省内乃至国内有名气的诗人，有不少是我们发现与发掘出来的。后来我改做小说编辑，又做诗歌散文组组长。1986年4月我被提拔为编辑部副主任(那时是主任负责制，就如现在的副主编)，我是湖北省作家协会很年轻的处级干部。后来我担任副主编、常务副主编。1997年10月我做了《长江文艺》杂志社的社长、主编，这一晃就有12年了。

我做编辑，是很认真投入地做的，我不搞帮派，不分亲疏，对于能够尽力帮上一把的作者与作品，我就全心去帮。这个岗位不是升官的阶梯，不是发财的位子，只能是一种事业，我是热爱这事业的。为自己热爱的事业去工作，本身就是一种快乐与幸福。

关于做编辑，我曾撰文说过“三爱论”，即爱职业，爱作者，爱稿件。在发现和培养作者方面，我也撰文说过我的“三梯队论”。《长江文艺》是省级文学杂志，我们不去盯名家，把自己打扮成一个全国性的大刊。我们的工作重点在中层作者。我的“三梯队论”是这样的：第三梯队是千千万万的爱好文学的青年，是大量的投稿者。对于这些作者和他们的稿件，用我们的“三爱论”中的爱作者、爱稿件精神，选出他们的成功稿件，给予扶持，发表出来。在这批作者中会出现写得越来越好的人才，他们会在省级刊物发表一批成熟稿件。第二梯队就是这些成熟起来且具有实力的作者。我们对第二梯队的作者，会给他们提供大块版面，创造条件，让他们参加笔会，给他们的作品评奖，很快他们就能走向全国。第一梯队就是在全国范围内有影响力的作家，他们成功了，他们的稿件不愁发表了，他们活跃在全国的大刊名刊中。我们与他们交朋友，不断地约些他们的稿子来发表。但我们的主要目标不是他们，而是第二梯队的同志们。我们不断从第三梯队中发现人，让他们进入第二梯队，再把第二梯队推到第一梯队。应该说我的“三梯队论”对于省级文学刊物的定位是比较准的。

如果自我表扬，那么我当了这么多年的编辑，除了上述的两点经验与体会外，还有一个小贡献，那就是我给《长江文艺》撰写了一句广告语：“长江不断流，文学旗不倒！”这 10 个字的广告语，年年在用，大家说不错。再过几年我就要退休了。这辈子当编辑，虽然辛苦些贫穷些寂寞些，但我无怨无悔，我乐此不疲，我感谢生活！

1969 年我在乡下当农民，在油印杂志上发表的那首《亿万人民庆国庆》的诗，是我的处女作。后来上大学中文系，毕业后当文学期刊编辑，做学生和当编辑时，我都在坚持写作。

因为出身农民，血管里流的是农民的血，所以我对农民父兄的那种情感，以及与他们血肉相依、刻骨铭心的联系是与生俱来的。我写了许多农民与农村题材的诗，在20世纪80年代，我是湖北乃至全国的乡土诗人代表之一。在我的乡土诗中，除了一批咏吟水乡山乡的美丽风情的诗之外，写乡村人物与为农民生存状态鼓与呼的组诗很多。其中受到读者与评论界注意的有三组，分别是发表在《长江文艺》后被《诗刊》转载的《我忆念的山村》，发表在《诗刊》的《没有万元户的村庄》，发表在《人民文学》的《乡村忧思》。这三组诗被评论家称为“刘益善乡村忧愤诗”。《我忆念的山村》被诗评家张同吾评为“刻画中国农民性格特征的力作”，获《诗刊》奖，并被选入《中国新文艺大系》中。

20世纪90年代之后，诗坛的变化很大，我自那时到现在，游离在诗坛的边缘。我依然看诗，关注诗坛的风云，但自己写得很少，每年大约十来首诗，当年的那种激情好像离我远去了。但是我仍然是诗坛中的一员，我是比较冷静的老同志了。诗写得少了，我开始写小说及其他文体。散文集出版了三本，长篇纪实文学出版了八本。

我开始是想好好地写小说的，在20世纪90年代的三四年中，我一口气发表了四五十篇中短篇小说，平均一年发表十多篇，除了两篇短篇小说被《中华文学选刊》《中国文学》转载外，基本没什么反响。我觉得我的小说是冲不上一个高地了。过了十来年后，我的两部中篇小说在《十月》上发表，一部是《回家过年》，一部是《河东河西》，前者写底层进城务工人员的生活，后者写我熟悉的乡土。这两部作品放了十来年，竟然能发表，且前者被《中篇小说选刊》转载，后者被《北京文学 中篇小说月报》《中篇小说选刊》《小说月报》三家选刊转载，这是出乎我的意料的。

我现在的写作心态很平静了，如今的文学作品可谓是车载船装，千车也载不尽万船也装不完，你写的平庸之作出版了几十本书，那在这车载船装的作品中不过是沧海一粟，过不了几年就是垃圾一堆。要写点精彩的作品，即使暂时发表不了，若放上一些年，还能再发表出来也可以。精彩的作品虽说也不一定能流传多久，但能给人一些启悟与阅读快感也好。好作品终究会流传得久远些。我打算退休后，以阅读为主，再好好思索一番，尽可能写出一些精彩的作品，这是我自己定的目标。

我的朋友策划出版一套诗人自选集，要我编一本，我就自选了过去的一些作品，分诗、散文、中篇小说三种。我在附录中选了几篇我的师友的文章。想到徐迟、碧野已仙逝，而为我的诗歌写评论的程文超英年早逝，我心中怆然而充满了怀念。另外，湖北省文坛中有几个实力派的兄弟在几年前为我从编30年写了文章，我每每读到，倍感亲切。

自选集校样出来了，前面是光秃秃的，本想请人写一篇序，后来又想到别人写序要阅读我这堆东西，费力费时，不如我自己写一篇吧，写写我的编辑和创作经历，权当自序。自选集配上自序，也许更合体例！

感谢你还能翻翻我的这些作品，我的读者与师友们！

2009年12月30日于武昌翠柳街

《刘益善文集》自序

如果从1969年发表在武昌县文化馆油印刊物《武昌文艺》上的庆国庆诗算起，我今年有40多年的创作年龄了。我1973年10月由华中师范学院中文系毕业分配至《长江文艺》做编辑，到2012年4月退休，在《长江文艺》干了近40年。退休后，得武汉市原常务副市长袁善腊和《芳草》杂志主编刘醒龙的信任，我到大型进城务工人员文学生活杂志《芳草·潮》当特邀主编。我这辈子当编辑与作家是无法更改的事，我将把文学编辑与文学创作坚持到最后。

我当编辑，先是从诗歌编辑当起，那时跟着老编辑一起，到工农兵中去，今天在湖北省内乃至国内有名气的诗人，有不少是我们发现与发掘出来的。后来我改做小说编辑，又做诗歌散文组组长。1986 年 4 月我被提拔为编辑部副主任(那时是主任负责制，就如现在的副主编)，我是湖北省作家协会很年轻的处级干部。后来我担任副主编、常务副主编。1997 年 10 月我做了《长江文艺》杂志社的社长、主编，这一干就干了 15 年。

我做编辑，是很认真投入地做的，我不搞帮派，不分亲疏，对于能够尽力帮上一把的作者与作品，我就全心去帮。这个岗位不是升官的阶梯，不是发财的位子，只能是一种事业，我是热爱这事业的。为自己热爱的事业去工作，本身就是一种快乐与幸福。关于做编辑，我曾撰文说过“三爱论”，即爱职业，爱作者，爱稿件。在发现和培养作者方面，我也撰文说过我的“三梯队论”。《长江文艺》是省级文学杂志，我们不去盯名家，把自己打扮成一个全国性的大刊。我们的工作重点在中层作者。我的“三梯队论”是这样的：第三梯队是千千万万的爱好文学的青年，是大量的投稿者。对于这些作者和他们的稿件，用我们的“三爱论”中的爱作者、爱稿件精神，选出他们的成功稿件，给予扶持，发表出来。在这批作者中会出现写得越来越好的人才，他们会在省级刊物发表一批成熟稿件。第二梯队就是这些成熟起来且具有实力的作者。我们对第二梯队的作者，会给他们提供大块版面，创造条件，让他们参加笔会，给他们的作品评奖，很快他们就能走向全国。第一梯队就是在全国范围内有影响力的作家，他们成功了，他们的稿件不愁发表了，他们活跃在全国的大刊名刊中。我们与他们交朋友，不断地约些他们的稿子来发表。但我们的主要目标不是他们，而是第二梯队的同志们。我们不断从第三梯队中发现人，让他们进入第二梯队，再把第二梯队推到第一梯队。应该说我的“三梯队论”对于省级文学刊物的定位是比较准的。如果自我表扬，那么我当了这么多年的编辑，除了上述的两点经验与体会外，还有一事值得说说，那就是我给《长江文艺》撰写了一句广告语：“长江不断流，文学旗不倒！”这10个字的广告语，得到不少作家朋友的肯定，文学之旗是会永远飘扬在天空中的。这辈子当编辑，虽然辛苦些贫穷些寂寞些，但我无怨无悔，而且乐此不疲！

1969年我在乡下当农民，在油印杂志上发表的那首

《亿万人民庆国庆》的诗，是我的处女作。后来上大学中文系，毕业后当文学期刊编辑，做学生和当编辑时，我都在坚持写作。因为出身农民，血管里流的是农民的血，所以我对农民父兄的那种情感，以及与他们血肉相依、刻骨铭心的联系是与生俱来的。我写了许多农民与农村题材的诗，在20世纪80年代，我是湖北乃至全国的乡土诗人代表之一。在我的乡土诗中，除了一批咏吟水乡山乡的美丽风情的诗之外，写乡村人物与为农民生存状态鼓与呼的组诗很多。其中受到读者与评论界注意的有三组，分别是发表在《长江文艺》后被《诗刊》转载的《我忆念的山村》，发表在《诗刊》的《没有万元户的村庄》，发表在《人民文学》的《乡村忧思》。这三组诗被评论家称为“刘益善乡村忧愤诗”。《我忆念的山村》被诗评家张同吾评为“刻画中国农民性格特征的力作”，获《诗刊》奖，并被选入《中国新文艺大系》中。20世纪90年代之后，诗坛的变化很大，我自那时到现在，游离在诗坛的边缘。我依然看诗，关注诗坛的风云，但自己写得很少，每年大约十来首诗，当年的那种激情好像离我远去了。但是我仍然是诗坛中的一员，我是比较冷静的老同志了。诗写得少了，我开始写小说及其他文体。散文集出版了几本，长篇纪实文学出版了几本。我开始是想好好地写小说的，在20世纪90年代的三四年中，我一口气发表了四五十篇中短篇小说，平均一年发表十多篇，除了两篇短篇小说被《中华文学选刊》《中国文学》转载外，基本没什么反响。我觉得我的小说是冲不上一个高地了。过了十来年后，我的几部中篇小说在《十月》上发表，一部是《回家过年》，一部是《河东河西》，前者写底层进城务工人员的生活，后者写我熟悉的乡土。这两部作品放了十来年，竟然能发表，且前者被《中篇小说选刊》转载，后者被《北京文学 中篇小说月报》《中篇小说选刊》《小说月报》三家选刊转载，这是出乎我的意料的。我的中篇小说《向阳湖》在《芳草》发表后，获得汉语女评委奖和湖北文学奖，另有一篇短篇小说《东天一朵云》也获湖北文学奖。

我现在的写作心态很平静了，如今的文学作品可谓是车载船装，千车也载不尽万船也装不完，你写的平庸之作出版了几十本书，那在这车载船装的作品中不过是沧海一粟，过不了几年就是垃圾一堆。要写点精彩的作品，即使暂时发表不了，若放上一些年，还能再发表出来也可以。精彩的作品虽说也不一定能流传多久，但能给人一些启悟与阅读快感也好。好作品终究会流传得久远些。我今后的打算是，以阅读为主，再好好思索一番，尽可能写出一些精彩的作品，不一定要写那么多。

再次感谢袁善腊与刘醒龙两位先生，他们策划出版“芳草文库”，嘱我编一套文集。我已发表的作品，编个八九卷不成问题，但与其多编不如精编。我只选编了三卷：一卷诗，一卷散文，一卷小说。我想这样出版后送朋友，摆在人家书架上占的地方也少。

文集编好后，前面是光秃秃的，本想请人写一篇序，后来又想到别人写序要阅读我这堆东西，费力费时，不如我自己写一篇吧，写写我的编辑和创作经历，权当自序。自选文集配上自序，也许更合体例！

感谢你还能翻翻我的这些作品，我的读者与师友们！

2015 年 7 月 19 日于武昌翠柳街

《曾侯乙编钟纪事》后记

我所工作和生活的湖北省作家协会，位于武汉市的景观路东湖路上。在这条自东湖梨园广场到东湖宾馆的长约一千米的路上，有新华社湖北分社、知音传媒集团、湖北省文联、湖北省作家协会、湖北日报传媒集团、湖北省社会科学院、湖北省美术馆、湖北省博物馆、湖北省老年大学。这是一个文化、新闻、艺术、文学单位密集的地方，被誉为武汉文谷。

我工作和生活的这个地方真是一个福地，紧靠着浩瀚的东湖，那无边水色，那葱郁的绿色，使我胸怀广阔，满眼是春。南行数百米，走进湖北省美术馆，徜徉在大师名家的艺术作品中，能得到一次次精神的熏陶。从美术馆南行百步，步入湖北省博物馆，我就整装肃容，做好了顶礼膜拜的准备。

湖北省博物馆背靠东湖，透过武昌鳞次栉比的高楼大厦，坐望长江东去。从空中俯瞰，湖北省博物馆犹如楚国王宫，主建筑居中，四角各有分建筑拱卫，主建筑前面是一块空坪，有甬道、草坪、绿树。它的占地面积为81909平方米，建筑面积为49611平方米，是全国由国家与地方共建的八家博物馆之一，是国家一级博物馆，5A级旅游景区。

更重要的是湖北省博物馆馆藏丰富，其推出了十一个专题陈列："郧县人""屈家岭""盘龙城""曾侯乙墓""九连墩""秦汉漆器""战国秦汉简牍""馆藏瓷器精粹""梁庄王墓""馆藏明清书画""荆楚百年英杰"，丰富、博大、独特而蕴意深刻。而四大镇馆之宝——郧县人头骨、曾侯乙编钟、越王勾践剑、元青花四爱图梅瓶，更是闻名遐迩，享誉中外。我多次流连其中，身心浸染陶醉，五体投地。

2015年9月，我应邀为湖北省博物馆馆藏文物曾侯乙编钟写一本书。按要求，这本书要写得通俗性与专业性相结合，用生动的图片和故事化的语言，把文物的时代背景、蕴含的文化信息、考古经历娓娓道来，为读者提供一本生动的考古通识读本。接下任务后，我阅读了已经出版的有关曾侯乙墓和曾侯乙编钟的书籍，查找研究了有关材料，然后用几个月的时间写成了这一本不厚的书。

这本书分三章，每章又分十节书写。因为是写曾侯乙编钟而不是写曾侯乙墓，所以我心中的主题十分明确，紧紧围绕着编钟写。

第一章十节写考古发掘。空军某部雷达修理所在扩建厂房时发现了曾侯乙古墓，出土了大批的文物，其中有一套青铜编钟。这套两千四百多年前的编钟，不仅件数多，规模大，而且一钟双音，还能演奏，堪称世间奇迹。解放军为保护文物多次向有关部门报告，反复请人勘察。以考古专家谭维四为首的考古队不怕挫折，终于发掘出国之瑰宝。波折迭起，神秘传奇，考古人员和解放军官兵功不可没。

第二章十节写文物的历史背景。出土的文物属曾国，而在历史文献记载中只有随国没有曾国，其实曾国随国是一个国家，只是用了两个名称。曾侯乙编钟由六十五件组成，其中有一件大镈钟是楚惠王所赠，这件楚王镈钟揭秘了曾楚关系。春秋时代风云变幻，诸侯国之间攻伐交战不断，伍子胥破楚鞭王尸，曾侯仗义救楚王。恩怨情仇，风云迭起，曾侯乙化干戈铸乐器，留下千古第一钟。

第三章十节写文物出土后引起的国内外反响和其蕴含的历史文化内涵。曾侯乙编钟的出土，改变了世界音乐史的写法。一些国家领导人和国际政要、名人纷纷参观，聆听天籁妙音，赞不绝口。一钟双音在世界文化发展史中，是堪与中国古代四大发明比肩的贡献。一套曾侯乙编钟，在音乐、礼仪、文化、冶金铸造等方面提供的信息，丰富而宝贵，是一部用青铜写成的历史文献。当代音乐人，用古老的编钟演奏出现代的乐音，在世界大舞台上弘扬着中华民族深厚博大的文化蕴意与风采。

近半年来围绕着编钟的材料搜寻和思考写作，我潜入其中，身心受到了一次历史文化之泉的洗礼，自觉学到了不少的东西，更为我们的民族和祖先而感到自豪和骄傲，更对与我工作与生活的地方紧邻的湖北省博物馆怀着深深的崇敬，这里面收藏着灿烂的文化和辉煌的历史。关于本书的写作，参考借用了一些文献材料，在书后列出。我在此对为我写作提供过帮助的所有朋友深表感谢！

2016年3月18日于武昌

说说民间收藏:《民间收藏纪事》代序

俗话说:“乱世黄金,盛世收藏。”是说在战争、饥馑、灾荒的年代,只有黄金这种硬通货才能流通才能救命。在和平年代、国富民安的盛世,收藏古董、文物及各种有文化或历史意义的物品就会风行。21世纪的中国,正逢盛世,收藏之风大盛当是必然。

收藏品当分为国家收藏品和民间收藏品。国家收藏品是指各国的国家博物馆、图书馆、文化宫等机构收藏的国宝级与各种级别的文物,像中国故宫、法国卢浮宫里那不可计数的宝贝,都是国家收藏品。一个国家收藏品的丰富与否代表了一个国家保存文化与历史水平的高低。

我说的是民间收藏的事，国家收藏的事不去说了。

有人问，当下中国有多少人在搞收藏？这还真是说不清楚。

中国收藏家协会会长罗伯健在谈到中国的收藏队伍有多大规模时，说了如下的一段话：

“全国34个省、自治区和直辖市都建立了收藏组织，这些收藏组织都是经过当地民政部门批准成立的。但是，各地的收藏组织名称五花八门，主管机构也不尽相同。例如上海有三家民间收藏组织，分别归三个主管部门管理。中国收藏家协会很想摸清全国收藏组织的人数和规模，但由于各地主管部门不统一，会员人数难以统计。”

上海的收藏家、书法家朱卓鹏先生在一篇文章中写道，有人想调查清楚目前全国到底有多少民间收藏爱好者，他们从事些什么收藏项目，但这是不可能的。有个估计数字是3000万，平均40个人里有一个，这是一个完全可以相信的估测。如果将“收藏爱好者”理解得“广义”一些，那么这支队伍要大得多。比如说在某个家庭里，外婆有一个老红木梳妆盒，里面是一些从前的和现在的纽扣，有几千颗；外公是一个老戏迷，他将看过的戏单都留着，连当年小达子在上海共舞台演《铡包勉》的戏单还保存着，厚厚一叠。虽然他们与收藏圈子从不搭界，但他们算不算收藏爱好者？圈子的外沿再扩出这么一大圈，该是个什么数？朱卓鹏先生的文章是20年前写的，20年后，这个数字翻一倍，或许还要多，真是难以说清。

我为了写这本民间收藏者的书，仅仅只走访了湖北很少的几个县市区，发现每个地方都成立有收藏者协会。随便一问，就会有人告诉我谁在收藏什么，谁的收藏有“尖板眼”。在我的感觉里，当下肯定是中国历朝历代中搞民间收藏的人与组织最多的时期。

我有次到武汉市江夏区，与一帮朋友吃饭。席间有位朋友听说我要写民间收藏的事情，就讲了一个与收藏有关的故事。

鄂南某县有一处古民居，有几百年的历史，还有古桥，是一个旅游景点，全国各地的旅游观光者纷纷前来参观游览。在景点旁的一棵古树下，一位老婆婆面前摆着一只青花瓷猫食碗，老婆婆抱一只猫，用手抚摸着猫毛，让猫在猫食碗里喝水，她的口中喃喃自语。老婆婆的身边有一纸牌，上写“卖猫”二字。

一游客至，被青花瓷猫食碗吸引了，蹲下问老婆婆猫多少钱一只。老婆婆答 50 元钱一只，并说这猫是喝山泉水吃天然无污染猫食能捉老鼠的好猫。游客掏 50 元钱买了猫，另掏 100 元钱买猫食碗，说："这猫抱回去要用猫食碗喂哩！"老婆婆笑了笑，说："这碗不卖，我还要用来喂猫哩。"不论游客怎么软磨硬泡，老婆婆都不卖猫食碗，并坚持卖出去的猫也不退货。游客只好抱着猫走了。老婆婆一会儿又抱来一只猫。另一游客来，看见青花瓷猫食碗，眼里放光，蹲下，买了老婆婆的猫又要买猫食碗，软磨硬泡，给多少钱老婆婆都不卖。

如此重复，到中午老婆婆已卖了十多只猫了。老婆婆得回家休息了，并且去喂养那些回家的猫。冲着青花瓷猫食碗而买猫的游客买了猫却没买到猫食碗，转头就把猫放了，那些猫很快就回了家。

老婆婆凭着一只清代的猫食碗卖猫，每年的收入不菲。她说："如果我卖了猫食碗，谁来买我的猫呀？这是我养老的宝贝哩！"

毫无疑问，那些买猫的游客都是民间收藏者。收藏者的一个共同特点是喜欢到处跑，到那些有年代有历史的地方淘宝，逛各地的古玩市场，看到亮眼的东西就想买。鄂南老婆婆卖猫，用青花瓷猫食碗作钓饵，一钓一个准。

有人说真正的收藏者收藏有价值的物品，不是为了谋利。但有时收藏者也互相买卖藏品，不能说完全没有谋利的成分。还有一批人专门利用收藏做投资。美国国家画廊馆长布良有一个调查数据：收藏大师级油画的年投资回报率为 51%，收藏中国古瓷器的年投资回报率为 40%，而投资股票的年投资回报率仅为 25%。国外早有人说过，世上最富有的不是银行家，而是收藏家。

不为谋利的收藏家有很多，他们虽然不以收藏谋利，但其收藏品本身在自然增值，否则他们的收藏活动就不能维持下去。这里引用两位收藏大家的故事，据说他们都不是以牟利为目的的收藏家。

亚历珊德拉·芒罗是一位美国收藏家，她历来认为，收藏的目的不是投资，而是消费。她曾这样说过："如果要消费一个东西，哪怕花费 100 万欧元买一幅画挂在墙上，也要比你花 2000 万欧元买一幅画做投资更有社会意义，因为消费和投资比起来，依然是消费站在高点上，能以此为社会做出贡献，这才是一个真正的收藏家的终极目标。”

芒罗有一次去法国旅游，正赶上巴黎有一个藏品拍卖会，作为世界级收藏家，她自然不会错过这个1000多人参与的拍卖会。拍卖开始后，芒罗盯准了18世纪法国女性肖像画家维瑞·勒布伦的一幅画。这幅画是维瑞·勒布伦众多自画像中比较出色的一幅：深色的长裙，华丽的荷叶领，与团绒帽饰构成鲜明的对比，从而衬托出画家的庄重、女性的妖娆气质以及她坚强的信念。作这幅画时，维瑞·勒布伦刚满36岁。

这幅画的起拍价为500万欧元，买家之间竞争非常激烈。当报价到1500万欧元时，已有大部分竞价者自动放弃，只剩下芒罗和另一个买家，而芒罗在这时举起2000万欧元的竞价牌，拍卖师在确认无人竞价后一锤定音，芒罗最终成为这幅画的所有者。

芒罗在办理有关手续时被告知：“这幅画现在归你所有，但是，法国此前颁布了一个新规定：这幅画不能运出法国。也就是说，你在法国本土如何欣赏它无人干涉，但无论如何不允许带到美国去。”

对于这一新规，芒罗事先早已知晓，但具体细节不是很清楚。于是，她便去咨询律师。律师对她说："这件事很容易解决，虽然这项规定不允许你将画带出法国，但还有另一项规定，只要你捐一笔钱给本地慈善基金会，他们就会买走这幅画，然后再借给你挂在家里，并一直可以挂到你去世的那一天。而在你去世后，基金会则会收回这幅画，所有权自然归他们所有。"

究竟需要给慈善基金会捐多少钱，芒罗心里没底。律师沉思了一会儿对她说："捐款数额没有规定具体上限，我想，你只要捐出 100 万欧元就完全能够搞定，而这笔钱对你来说算不得什么。"

既然如此，芒罗也就不再犹豫，慷慨地向当地慈善基金会捐赠了 100 万欧元。在办理好相关手续后，她将画"借"回到美国自己的家，挂在客厅墙上细细欣赏。

许多人对芒罗的做法很不理解，认为她出了那么多钱买了一幅画，又捐了 100 万欧元，而这幅画的最终所有权还不归她所有，她简直就是一个大傻瓜。

芒罗却不这样认为，她说："能买下这幅画挂在自家客厅的墙上，我很高兴，本来我买的时候就没想将它作为投资。我这样做既是在消费，也是在以另一种方式做慈善。既然能通过这个途径将我喜欢的画挂在我家，我就能在活着时有了艺术品支撑我的精神世界，等我死后，无论这幅画是捐赠还是拍卖，这些都与我无关，我在生前根本不会去想这件事，这也是我作为一个收藏家的终极目标。”

中国当代的收藏家马未都，年轻时从事文学工作，做过《青年文学》的编辑，后来改行搞收藏，取得巨大成功，是当下中国的收藏大家。有一次，马未都来到晋西地区，午饭后，他习惯性地去当地古玩一条街闲逛，心想说不定还能“淘”些什么宝贝呢。他走遍了整条街，也没有找到中意的东西。不过，有一个关于古代屏风的消息让他兴奋不已。街上的古玩商家告诉他，屏风的主人离这儿不远，正在待价而沽，不过价格不菲，一般人出不了那个高价。

马未都心想：古代屏风价值连城，怎么会出卖了？于是，他立即连夜前往。原来，这个镶嵌在主人家墙上的屏风古朴而精致，据说是祖上留传的物品。主人以前是当地富商，如今家境没落，无奈之下，才准备将屏风卖掉。

“30万元，少一分我不卖。”主人壮胆报了一个价，虽然自己也知道这个价格颇高。

“好，我出35万元。”马未都说。

主人听后，惊讶不已，没想到对方竟爽快地将价格提高到比报价还高5万元。难道买家不识货？这么贵的东西，买家一般都会砍价还价的，可他？主人想到目前自己正急需用钱，立马成交。

不久后，当得知这位买家就是全国赫赫有名的收藏家马未都时，屏风原主人大为感动。从那以后，他便主动与马未都交起了朋友，一交就是十多年。在这期间，马未都不时接济与帮助他，还介绍一些朋友与他认识，同时鼓励他重新创业，东山再起。于是，十年前家徒四壁、家里只剩下一张值钱屏风的主人，在十年后，因投资当地的煤矿和房地产渐渐富裕起来，身家数亿。

随着财富的积累，主人觉得此时应该是买回十多年前失去的屏风的时候了。可现在屏风属于帮助自己多年的朋友马未都，他心中颇感为难。但想想这是祖辈世世代代留传的东西，他最后还是下定决心，不管对方出怎样的价格，他也要赎回。

这天，他找到马未都，直截了当地说明来意，并有言在先，价格由对方说了算，绝不还价。

“我只要原来你的报价，也就是 30 万元。”马未都的话再次震惊了他。这么多年来且不说升值，光利率就不是一个小数目，更何况现在是有求于人呢。

“我知道，现在这屏风的价值可达数百万元，但我想既然是朋友，买东西的时候，就应该多给一点；卖东西的时候，就应该少要一些。这是我多年来做收藏买卖和为人处世的原则，朋友之间何必计较那么多呢？”马未都的话让对方深受感动。此后，越来越多的人被马未都的交际魅力所吸引，他的人缘也越来越好。

有人问，收藏者收藏的目的到底是为了什么？

中华民族有五千年灿烂的历史文化，把各个历史时期流传下来的有价值有意义的物品收藏起来，就是收藏了历史，收藏了文化。陶瓷、家具、钱币、石雕、服饰、书画、典籍、邮票、玉器等，甚至近代的烟标、火花等人们平时用过就扔的东西，都能够收藏，从中可以感受各个时代的文化与人们生活的风采，收藏的社会功能是不容置疑的。

作为民间收藏者个人，收藏自己喜爱的物品，是一种有意义的爱好与追求，是一种美好的享受。民间的个人收藏，还有一种情形，就是面对喧嚣的社会，面对空虚与焦虑，寻找一片自己的天地。静下心来，把玩一下自己的藏品，充实内涵，抵抗孤独。在收藏中寻找一种格调，一种品质，一种情趣，哪怕是随意地收藏一些东西，生活也会多一缕阳光。

民间收藏可谓是一片汪洋大海，这片大海中有无数的珍珠宝贝。有的收藏者在自己的收藏品达到一定数量时，有的收藏者在一开始就有打算，他们最终要将自己一辈子的收藏品捐给国家，捐给社会，这种例子不胜枚举。

近日，85岁的潘迪东老人给湖北省图书馆捐赠了一套清光绪三十四年(1908年)的中医古籍，这套《陈修园七十种》共26册，扉页印有“光绪戊申年仲夏上海章福记石印”。据古籍专家考证，这套书是清朝乾隆、嘉庆年间名医陈念祖(字修园)所著医书汇编，陈念祖创造了用浅显韵语编写医方歌谣的方法，教医生按法施治，对医学的通俗化、大众化作出了重要贡献。湖北省图书馆藏有陈念祖的古本医书，但没有《陈修园七十种》这么完整的版本，尤其是上海章福记石印版更少见，国内截至目前仅发现上海图书馆收藏一套，其他各大图书馆尚未见到。

据统计，2016年上半年以来，已有57人及9家机构向湖北省图书馆捐赠图书72种，由台湾同胞范延中及家人捐赠给湖北省图书馆的《朱文公校昌黎先生集》《周易经传》两部稀世明代善本，极为精美，全国罕见，弥足珍贵。

在湖北省图书捐赠史上，我国著名的文献学家、收藏大家徐行可，更是值得湖北文化史铭记的名字。他曾为湖北省图书馆与湖北省博物馆分别捐赠了近10万册古籍、7800余件文物。湖北省图书馆现存古籍约150万册，其中善本约5万种，他所捐赠古籍的善本就占了半壁江山，其中《黄鹤楼集》三卷等更是海内孤本。

民间收藏是一种布衣之乐。虽说在民间收藏中，还有许多人处在以兴趣为出发点的浅文化状态，与那种以雄厚的物质条件为基础，以研究某种文化为目的，以理性系统方法为手段的高层次收藏存在着距离。但民间收藏是藏宝于民，与国家收藏纳宝于库相辅相成，为民族为世界保存历史保存文化，功不可没。

2016年8月16日于武昌翠柳街

《民间收藏纪事》后记

关于这本书的写作缘起，我在本书写的第一位收藏者程远斌的文章中提到，是因为听了他讲的几个故事，他的故事使我对民间收藏产生了兴趣。刚好湖北省年度签约制文学艺术作品项目招标，我申报了写作这本书的计划，经过专家的审定通过，使我的计划得以实施。

当正式进行操作时，我才知道计划是一回事，但真正要写成一本书，却是要付出很大的努力的。凭听来的几个故事，写成几千上万字不成问题，但离一本书还差得太远了。那时我有些后悔，觉得自己不该头脑发热，弄这么一个难题为难自己。当我将自己的苦恼告诉几位朋友时，他们却热情地鼓励帮助我，给我提供信息，说哪里有谁收藏了什么，而且这些人收藏的目的并不是为了谋利，完全是出于一种爱好和文化。

而这正是我写作这本书的初衷。

这些朋友热情地联系、安排，陪着我到他们的收藏朋友处采访：

武汉市新洲区作家协会主席周娴陪着我采访了余红梅和李森林；

武汉市黄陂区政协副主席魏云乔陪着我采访了黄花涝博物馆；

武汉市作家协会副主席王新民和武汉市江夏区文联主席蔡明贵陪着我采访了车王曾凡仁；

荆州市作家协会副主席万华伟陪着我采访了孙国军和浦汉清；

作家叶大春给我推荐了武汉电视台孟保安的老唱片和老唱机收藏品。

当我采访程远斌和孟保安时，正是武汉的酷暑天，两位被采访者冒着炎热陪着我看他们的收藏品，并一一讲述每一件收藏品的来历。湖北省作家协会的知名摄影人吴小斌冒着炎热为几件藏品拍摄照片，中山舰旅游区管委会主任、书法家祁金刚热情地为我提供了“中山舰碗勺重相聚”的资料。我似乎还可以列出许多名字，如书中写到的董宏猷、汤礼春、盛茂柏等，我在这里一并感谢！

正是有了这些朋友的帮助，我才采访到十几位民间收藏者，看了他们收藏的成千上万件收藏品。我走进了一个丰富灿烂的领域，这个领域满是故事，每一件藏品有故事，每一位收藏者本人也有故事。于是，我不觉得为难了，而是感到兴奋，我的收获是大的，不仅写成了这本书，也学到了不少知识。

我还要感谢武汉大学出版社，感谢它出版这本书。

这本小书要付印了，读者朋友若读到了，我相信不会令你失望，它会给你带来一些文化与趣味。

2017 年 2 月 23 日于武昌翠柳街

怀念何锐:《拐弯的地方是堤角》代后记

2019年3月15日,《山花》原主编何锐在贵阳去世。在得到消息的第一时间,我联系《山花》现任主编李寂荡,请他以我的名义送一个花圈在何锐的灵前,我在微信上给寂荡发了60元作费用,寂荡帮我办了。当我看到写有“刘益善敬挽”字样的花圈摆在一堆花圈中的照片时,我的老泪纵横了。我在心里说:“何锐兄,我远在千里之外的武汉给你送行,请走好!”我认识何锐整整40年了。1979年,我在《山花》上发表了一首诗,那时何锐刚好从贵州人民广播电台调到《山花》做诗歌编辑,我们第一次打交道。

1980年4月,广西南宁召开了一次全国诗歌研讨会,这是一次可以记入当代诗歌史册的会议，到会的都是当时诗坛的大佬，公刘先生就是在这次会上中风的。我作为《长江文艺》的诗歌编辑被通知出席了研讨会，何锐也出席了这次会议，我们算是正式会面了。在这次会上，与会者围绕由朦胧诗引发的中国新诗发展道路问题，展开了激烈的交锋。何锐在小组会上发言，中国社科院文学所的张炯先生听了后，临时安排何锐作大会发言。后来，何锐将发言稿整理成一篇论文，以“新诗要在自身基础上发展”为题，在一家大型刊物上发表。何锐其实是搞诗歌理论的，他出版过《画梦与释梦——何其芳创作心路历程》《现代诗的传达与技巧》等著作，发表过《诗歌的隐喻结构及其功能》等文章。何锐后来兼任了《山花》的理论编辑，不久便成为《山花》诗歌组、理论组组长。据何锐自己讲，一位川大的老师应邀参加南宁诗会途经贵阳，何锐竟不假思索地毅然与这位老师结伴而行，成了南宁诗会的不速之客。会议主办者考虑到何锐毕竟是诗歌界的同行，破例让何锐参加了会议。在那次南宁诗会上，《长江文艺》因发表了熊召政的《请举起森林一般的手，制止》而引起了巨大反响，我作为责任编辑在会上作了发言，我的发言被时任《文艺报》记者的高洪波拿到《文艺报》内刊上发表。这是我与何锐第一次共同参加的会议。

何锐1994年在《山花》主编任上开始主持刊物改版，到他2009年退休，一共干了15年；我1997年担任《长江文艺》的社长、主编，到2012年退休，也是15年。在我们都担任省级文学期刊主编任内，我们多次一起参加全国文学期刊主编的会议。在这些会议上，我们的共同话题是省级文学期刊如何走出经济困境，提高刊物的品质和发行量。何锐谈他们如何与贵州的企业家研究会联合，企业家出钱，《山花》改版，从而做大做强的经验，令我们佩服得不得了。我从他那里学到了一些经验，争取了湖北一些企业家的支持，把刊物办下去。《山花》在何锐呕心沥血的努力下，从一本边远省份的文学杂志，走向了全国的文学名刊之列。何锐无疑是《山花》历史上一个非常重要的主编。

当期刊主编的人，有一个共同的特点，就是喜欢好稿，对作者如朋友，为了组织好稿，费尽气力，想尽办法，不达目的不罢休。这么多年来，在《山花》上发表作品的作家，都和何锐成了好朋友。北京的野莽、湖南的聂鑫森、湖北的晓苏等人，我们碰到一起时，谈起何锐，就像谈自己的一个哥哥一样。

我在编辑之余写点作品，先是写诗，后来小说、散文、报告文学都写。何锐在《山花》上给我发表过诗歌、小说十二次，我的小说在他那里发表过头条，也发表过很后的位置，他看不中的作品，无论是谁写的，他都不发表。我们曾在一起交换过意见，当主编的人，一定要把好人情关，否则刊物就会办不好，那就得不偿失。

何锐生前曾接受过一次访谈，访谈文章题目为“以文学编辑为终身事业”。我和何锐都是做了一辈子文学编辑的人，他在文章中的一些见解，与我想的一样。我们都是把精力和光阴奉献给了文学的人。我们编出了好作品，我们帮助过的作者，后来成了著名作家，写出了更好的作品，我们高兴，就像是我们自己成功了一样。

如今何锐已经走了，我们活着的文学人还在继续搞文学。我们写作品的人，我们搞文学的人，想起何锐，会在心里说：“这是一个优秀的文学编辑，这是一个好人。”

何锐兄，我们怀念你！

2019 年 5 月 3 日于武汉东湖

《中国，一个老兵的故事》后记

我从20世纪60年代末开始学写诗，80年代初成名，以《长江文艺》《诗刊》《人民文学》上分别发表的三大组诗《我忆念的山村》《没有万元户的村庄》《乡村忧思》为代表作。我的诗是现实主义的，诗中的使命感、责任感比较强，这是我们50年代出生的诗人的共同之处。

在朦胧诗后，又有现代诗和后现代诗的风行，我就写得少了，而去写小说、散文、非虚构作品。但对诗我一直没丢，因为诗是我的初恋。我对当下的诗坛一直关心着，并且努力去学习，对一批年轻人写的诗也觉得好。只是感到当下诗坛的使命感、责任感和英雄主义略少了点，对于这点我一直保留着自己的看法。

写作长诗《中国，一个老兵的故事》是偶然的。2019年5月10日晚，我接到湖北省作家协会办公室主任吴小斌的电话，说是12日一早，省作协请田天、韩永强和我去恩施来凤采访老英雄张富清，要我写一首诗。在此之前，我已从媒体知道张富清的事迹，一个退役老兵，深藏功名60多年，在山里默默奉献，很感人。吴小斌说，这是作协党组决定的，并报告了省委宣传部。我答应了，心想，写一首诗，好办。

5月12日是星期日，早上7点半，在省作协党组成员、副主席耿瑞华的带领下，吴小斌和我们几个人坐一辆公务车从武昌出发，车行11个小时，傍晚时到达来凤。当时，在来凤采访的各级媒体的记者有上百人，都在等机会见老英雄。有关部门为了保证老英雄的健康，有计划地安排采访，没有让记者们一拥而上。我们通过内线见到了老英雄，只给我们半个小时的时间。进门时，我第一眼就被老英雄那平静、睿智、慈祥的气质所震动，我握着老英雄的手，什么都没说，我在感受，我在接受老人的那种内部的正气。此后，我就凭着这股内气，把长诗写完。

开始以为是写一首诗，好办。到了现场，吴小斌说是要出版三本书，我的任务是写出一本单行本的长诗，而且六月初交稿。这下子我们几个就愣住了，主要是觉得时间太紧，怕保证不了质量。但是开弓没有回头箭，学习老英雄炸碉堡的大无畏牺牲精神，我决定拼着老命上。说实话，如果在武汉时知道是要写一本书，我可能不会答应的，我如今也是奔七的年龄啊！

在来凤我们抓紧时间做采访工作，我还跑到老英雄当年工作过的卯洞去看了。5 月 14 日，我们又花了 11 个小时从来凤回武汉，朝发夕至。5 月 15 日下午，我到武汉东湖学院作《革命家项英与皖南事变》的讲座，这是早就定好了的，不能变。5 月 16 日我又去开一个不能缺席的会。5 月 17 日，我就完全进入了创作状态，到 5 月 31 日，写成三千行的长诗初稿，然后进行打磨，6 月 4 日交稿。

《中国，一个老兵的故事》是我写的第二部长诗。我的第一部长诗是《向警予之歌》，1979 年写的，2008 年才由武汉出版社出版。《向警予之歌》是中国作家协会的重点扶持项目，出版后进入农家书屋，在武汉卓尔书店举办过一次朗诵会，媒体作过报道，反响不错。但那毕竟是40年前写的，我当时还只有29岁，正当年轻力壮。写老英雄时，我69岁了，我能不能写下来，这是对我体力与激情的挑战。我决心来一次挑战，因为这两部长诗都是革命英雄主义的作品，我要写。

我把书房里的沙发床打开，除了必需的应酬外，就在书房里写作，在书房里睡觉。我发现我的激情还在，我的一股气比较顺，偶尔遇到瓶颈，但很快就打开了。我写着写着，信心越来越足。我从老英雄的那些故事和细节里寻找到了诗情，我从老英雄的人生中得到了启示，我的写作过程，也是我人生经受洗礼的过程。

如今，书稿交出去了，《光明日报》《湖北日报》等几个报刊已决定选载其中的一些章节，《芳草》杂志决定全诗发表，决定出单行本的湖北人民出版社的反馈也还不错，我松了一口气，算是做了一件有意义的事情。

在写作的过程中，湖北省作家协会党组书记文坤斗与吴小斌上门到我家里看望；长江出版集团与湖北人民出版社的领导和编辑不断关心；田天、田苹、韩永强和我互相交流，资料共享，互相鼓励；来凤文友田方明、谭成举在我们采访时提供各种帮助，在此我一并向他们致谢。

2019 年 6 月 18 日于武汉东湖翠柳街

《大明经略熊廷弼》后记

庚子早春，一场罕见的新冠病毒疫情袭击武汉、中国、世界。武汉关闭离汉通道，我蜗居于东湖家里，正式开始了《大明经略熊廷弼》的写作。

这本书稿写作的准备时间更早一些。先是，我的出生地武汉市江夏区成立了传统文化研究会，聘我担任顾问，我欣然应允。接着，传统文化研究会与江夏区政协联合，编撰一套“熊廷弼文化研究丛书”。丛书中有一本《熊廷弼传》的写作计划，他们把这个任务交给了我。熊廷弼是江夏人，我们有幸在同一块土地上生长，写这样一位人们不应该忘记的人，是我们后人的职责。

说实话，我过去对于历史，只是一般地读故事、记人物、记朝代，没有研究。接下这个任务后，我买了几十本与明史有关的书，慢慢地读，并且从网上，还有朋友处弄来一切与熊廷弼有关的资料，细细地研究。我读这些书和资料，试着做了一些卡片与笔记，慢慢地感觉到这其中的乐趣无穷。

2019年4月，江夏区政协组织了参与“熊廷弼文化研究丛书”编撰的人员，到辽宁熊廷弼当年巡按、经略辽东的地方考察。我们踏访了边墙、瞭望塔、烽火台，到了辽阳、广宁、清河等当年熊廷弼战斗和防卫过的地方，一股遥远苍凉的历史烟云，从眼前慢慢飘过。四百年前，从江夏来的那个刚强正直的汉子，三次出守辽东，在这边远之地，呕心沥血，殚精竭虑，舍生忘死。熊廷弼在，辽东在；熊廷弼被害，辽东丢城失地。照熊廷弼的战略办，辽东保；不按熊廷弼的战略办，辽东失。

熊廷弼精忠报国，一腔英雄热血，没有洒在边关，却被诬当朝，冤死京师，砍头西市，传首九边。

自从进入有关史料的阅读后，这一年多来，熊廷弼就与我的日常生活连在一起了，我天天都在想着这位四百年前的乡亲，时时念叨着这位大明朝的重臣，为什么是一个悲剧？

武汉关闭离汉通道，我正好排除各种世俗干扰，把写熊廷弼的书稿完成。

《大明经略熊廷弼》不是一本完全的传记，说是一本纪实文学或非虚构作品更好。我秉承的写作原则仍然是大事不虚，小事不拘。

本书引用参考的著作主要有：

《熊廷弼集》，李红权点校，湖北人民出版社，2019年2月版；

《熊廷弼与辽东经略》，喻蓉蓉著，（台北）花木兰出版社，2010年3月版；

《熊廷弼传》，朱耀荣著，中国电影出版社，2008年版。

在此致谢！

本人学养有限，笔力不逮，本书的写作有不少疏漏错讹之处，还请方家指正。

2020年9月3日于武汉东湖